[著]榛名千紘
[ILL.]てつぶた
2
THE SECOND VOLUME
この
ラブ
幸せにな
義務がある。

CHARACTER

この△ラブコメは幸せになる義務がある。

幸馴染を溺愛している、
表はクール・裏はポンコツな女子高生。
だが、最近もう一人気になる
相手ができて……？

もっと椿木さんと
二人で遊びに行け

……私は三人で
一緒にいたいの

ああああ
大好き
かわいい
ちゅっちゅ

まあ、この関係も
悪くないわね

椿木麗良
つばきれいら
凛華の幼馴染であり、天馬のことが
好きな生徒会副会長。
なんでもそつなくこなす優等生だが、
本当は……？
矢代天馬
やしろてんま
やっぱり平凡な男子高校生。
凛華のポンコツっぷりに振り回されながら、
麗良との仲を取り持つ協力をしている。
いや、
まあ……そうだね……
これからも
仲良くしましょうね❤
また仲良くなれて
嬉しいです！

「や、矢代くんだって、
健全な、お、おお、男の子、なんですよ？
多少は、そういう……
あの、その、えっと……あの……ですね……」

「その話題、私も参戦していい？」
「我慢の限界を迎えたときは、どうぞ気兼ねなく申し出になってください。
お嬢様の代わりに、わたくしがお相手致します」

「……今になって白状しますけど。
私、羨ましかったんですよ」
「羨ましい?」
「この前の動物園。
帰りのモノレールで、
凛華ちゃんが同じように
肩を借りていましたよね。
ああいうの、
すごく良いな～って」

CONTENTS

著／榛名千紘　イラスト／てつぶた　デザイン／百足屋ユウコ+フクシマナオ（ムシカゴグラフィクス）

［著］榛名千紘
［ILL.］てつぶた

一章　風雲急を告げてくれ

過ぎ行く春を惜しむ季節、五月。それは毎年、とある大型連休で幕を開ける。

ゴールデンウィーク——学生・社会人を問わず歓喜する時期なのだが、凡人代表の矢代天馬は常々、その名称を疑問視していた。少し大げさすぎやしないか、と。もちろん学校を休めるのは嬉しい。しかし、自分のそれは果たして黄金と呼べるほど輝いているのか。

豪華客船に乗ってクルーズするような富裕層でも、河川敷でバーベキューするようなパリピ勢でもない天馬からすれば、所詮は普段の土日を接着剤でくっつけただけ。初日くらいは「海外ドラマを一気観しよう！」とか息巻いているのだが、大抵はシーズン2の途中辺りで挫折、義務感による休暇の消費がいかに苦痛かを思い知るのだ。

「矢代く〜ん？」

「……はっ！」

つん、つん、と。頬を優しくつつかれたことにより、天馬は覚醒。もっとも、本当に眠りに就いていたわけではない。いわゆる現実逃避、白昼夢からの復帰に他ならなかった。

自分の置かれている状況を改めて確認する。

天馬が腰を下ろしているのはモノレールの座席。窓に見えるのは沈みかけの太陽。電車よりものんびり進むせいで時の流れをゆっくりに感じる。忙しなさとは無縁の空間だ。

「大丈夫ですか？　話の途中で急に遠くを見つめたりして」

「あ、ああ。ごめんごめん、ぼーっとしちゃって」

「いえいえ。少し疲れちゃいましたね、ふふっ」

笑いかけてくる隣の少女は、新雪のように白い肌、瑞々しいピンクの唇、青の清廉さと緑の落ち着きを兼ね備えるターコイズブルーの瞳。魅力的な色がいくつも目に留まったが、一番はやはり揺れるたびに光の粒子を振りまく髪。

「ゴールデン……」

「え？　ああ、はい、ゴールデンウィーク。もう最終日ですね」

椿木麗良——現実感のない美しさとは、まさしく彼女のためにある表現。

整いすぎたその容姿には、出会って一か月経った今でも慣れはしない。ともすれば再び夢の世界へ誘われそうになるのだが、それを許さなかったのはもう一人。

「……スー、スー……」

耳をくすぐるような甘ったるい寝息を吹きかけてくるのは、麗良とは反対側、完全に天馬の肩へもたれ掛かってきている女。

名前を、皇凛華という。高校では麗良と二枚看板を張っている有名人。柔と剛ならば剛、飴と鞭の痛い方担当である。

恐る恐る見やれば、腕組み状態のまま頭を天馬に預けているのが凛華。思わず「なんだこの美人は⁉」と叫びたくなるくらい、はっきりした目鼻立ち。安らかに瞳を閉じており、長いまつ毛がさらに際立つ。自慢の黒髪からは少し大人っぽい匂いが香ってきた。

「すっかり寝ちゃってますね、凛華ちゃんは」

「……穏やかな顔しやがって」

一見人畜無害そうだが、これが眠れる獅子に他ならないことを忘れてはいけない。

そもそも、本来なら人前で眠るような隙を彼女は絶対に見せない。その不文律を自ら破った理由は、単純に睡魔が限界を迎えていたから。座席に着いた瞬間、「私、寝るから‼」という謎のキレ方をした女は、宣言通りに十秒で落ちた。

彼女に限らず、乗客の間に漂っているのはどこか心地好い倦怠感。誰もがそれぞれに、連休の最終日を存分に満喫した帰りなのだろう。

ちなみに天馬たちは某動物公園を巡ってきたのだが、恐れ入ったのはその敷地面積。一日中歩き回ったにもかかわらず制覇には遠く及ばず。動物園なんて十年近く前に上野へパンダを観に行って以来だが、そこよりもはるかに広大なのはわかる。

「動物さん、いっぱい観られて楽しかったです。矢代くんは何が一番印象に残ってます？」

「んー、そうだな……やっぱりユキヒョウ、とか」

「ああ、白い毛並み、綺麗でしたね〜」

「そういう椿木さんの一推しは？」

「断トツでサイです！」

「いかついね。なにゆえ？」

「お尻がすごく大きかったので！」

「あー………うん、なるほど」

麗良の感性が（見た目に反して）かなり独特なのは今に始まった話ではない。

「昆虫園とかもあるみたいですし。また行きたいですね、三人で」

見ているこっちまで幸せになりそうな麗良の笑みに、

「三人、ね。三人、か……」

手放しに喜べないでいる男が一人。

美少女に挟まれたこの状況を、世間一般的には両手に花と呼ぶのかもしれない。

傍から見れば誰よりも金色。ひょっとすれば薔薇色。つまり、矢代天馬は人生十七年目にしてようやく、真の意味でのゴールデンウィークを過ごしているのである。

しかし、だ。それが安っぽいただのメッキ、十円玉で擦っただけでも簡単に剝がれ落ちてしまうまやかしにすぎないことを、天馬は十分に弁えている。

「どうしました？　浮かない顔して」

「あ、ううん…………えっと、さ。今度は、皇と二人で行ってみたら？」

「動物園に、ですか？」

「まあ、どこでもいいんだけど。女の子二人で楽しめそうな場所……俺が調べておこうか？」

「それなら矢代くんも一緒に行きましょうよ。その方が楽しいです」

「いや、でも、こいつ……皇的にはたぶん、俺抜きの方が嬉しいのかなーって」

「そんなことありません。凜華ちゃんも、矢代くんがいた方が絶対に喜びます！」

　豊かな胸を大きく張って、自信満々に言い切った麗良。そこにはおそらく、凜華とは十年来の幼なじみであるという自負も、多分に含まれているのだろうが。

　——違う。違うんだよ、椿木さん……

　凜華と天馬。二人の距離が以前よりも縮まっているのは、自惚れ抜きの事実。でなければこうして無防備にもたれ掛かったりはするまい。

　だけどそれは、麗良に対する好意とは全くの別物。空と大地ほどの隔たりがそこには存在している。唯一抜きん出て並ぶものなし。凜華にとっての麗良が絶対的なオンリーワンであるということを、天馬だけは知っている。

　その思いを、彼女にも伝えたい。どうすれば気付いてもらえるのか。

　ずっと考えているのに、答えは一向に出ないまま。

「次も三人一緒に、遊びましょうね」

「……そうだね」

もしかしたら世界で一番、幸せなのかもしれない。誰も不幸ではないのかもしれない。

けれどその幸福に浸っている自分が、ふとした瞬間ひどく卑怯者に思えるのだった。

モノレールに乗車して十五分足らず、地域では最大級を誇るターミナル駅に到着。

駐車エリアに黒塗りの外車が迎えに来ており、麗良とはそこで別れた。もはや三人でお出かけする際のお決まりで、運転手とは顔馴染みになっているほど。

「くぅ〜〜、はぁ〜〜〜！」

ロータリーの近くで大きく伸びをしている長身の女。結局あのまま一秒も目覚めなかったので体が凝り固まっているのだろう、続いて肩甲骨のストレッチを開始。ただそうしているだけでモデルのポージングみたいに思えてくるのだから恐ろしい。

「……じゃ、おっつかれー。ま、割と楽しかったわよー」

寝ぼけ眼を擦った凛華は、無意識だろうかへらへら微笑む。随分前から完全にオフのモードへ移行。あくび混じりに歩いていこうとするのだが、

「待て、皇」

「え？」

その手を力強くつかんだ。柄にもなく真面目腐った顔をしている天馬を見て、凛華は虚を衝かれたに違いない。途端にスイッチが入った目つきに変わる。

「どうしたの、急に」

「このあと時間、空いてるか？」

「………」

空いていたらどうなのよ、と。大粒の瞳が問いかけてくる。

「俺の家に来い。大事な話がある」

「大事な、話？」

「もう我慢できないんだ。頼む」

「それって、まさか……」

言葉にしかけた何かを寸前で振り払ったかのように、口をぎゅっと閉じてしまう女。

見つめ合った二人の間に流れる沈黙。耳障りな喧騒の中、急かすようにクラクションの音が鳴り、凛華は震わすように唇を開く。

「わかった」

発したのは一言だけなのに、ざわつく心を落ち着かせるためだろうか、大げさに息を吸い込んで見せた。覚悟に似た何かが感じられ、天馬は内心で安堵する。彼女と自分が同じ意識を共有できているのだと、確信したから。

　そう、これは確かに骨の折れる作業——相応の覚悟を持って臨む必要がある。

△

「ただいまより！　ゴールデンウィーク大反省会を開催する‼」

　両手を背後でガッチリ組み交わした天馬は、仰け反りながらの宣言。たとえるならば応援団長。学ランと鉢巻が似合いの堂々たる姿に、

「ハァ？」

　しかし、最大限の白けた反応を返すのが凛華だった。

「……私の覚悟を返しなさいよね、こいつは」

「ん、どうした？」

「なんでもございません」

　場所は矢代家のダイニングキッチン。時刻は六時半。ちょうど腹の虫が騒ぎ出す頃合いで、

「お腹空いたー」

　独り言のように呟いた女が冷蔵庫の中を勝手に漁り出したとしても、さして不思議はないのだが。天馬の宣言を無視している点は看過できない。

「あ、魚肉ソーセージある」

「おい、皇。俺の話を聞け」

「これ、食べてもいい？」

「いいから座りなさい」

「座ったら食べてもいい？」

「とにかく座れぃ！　夕飯はこれから作ってやるから腹は空かせたままにしろ！」

「はーい」

魚肉ソーセージの代わりに麦茶のポットを取り出した凛華は、シンクの横で逆さまになっていたグラスに手を伸ばし、

「あんたも飲む？」

「……」

黙って頷きを返すと、二人分を注いでテーブルに置いた。依然として仁王立ちの天馬になど興味を示さず、椅子に座って脚を組む女。ロールアップした短いホットパンツから伸びる両脚は薄手のタイツに包まれている。今日一日、すれ違った男が何人も振り返ってきた理由はその妖艶さにあるのかもしれない。

「うっわ。ジェル、浮いてきてるし。テンション下がるー……」

凛華は不服そうに己の爪を凝視。何を言っているのかはさっぱりわからなかったが、あから

さまなリラックスモードで、自宅のようにくつろいでいる。ここ一か月ほどで度々訪れているのは事実だが、それにしたって馴染むスピードが速い。

「……で、何をいきなり宣言してるの」

「む？」

「そっちが言ったんでしょ。だいはんせ……え、なんですって？」

「大・反・省・会！」

熱を込める天馬とは対照的、「へー」という極寒の相槌で答えるのが凛華。

「それは、あなた個人の？　それとも私含め？」

「両方……と言いたいが、どっちかというと戦犯はお前の方だぞ」

「あら、あら。随分と失敬な物言いをするのね。私がいったい何を反省するべきだっていうのか、是非ともお聞かせ願いたいわ」

凛華は両手を広げた「Ｗｈｙ？」のジェスチャー。さながら球審に抗議を示すメジャーリーガー。もしくは某サスペンス漫画で追い詰められた新世界の神。立場的には後者が近い。ならば救世主気取りの大罪人に引導を渡すのが天馬の役割。

「えー、まず、振り返りましょう。あなたはこの大型連休の間、何をしておられましたか？」

「気持ち悪い敬語やめて。嫌いだったピアノの先生思い出す」

「……」

怖い。早くも泣きそうになる天馬だったが、挫けている場合ではない。

「この連休中、自分が何をしていたか言ってみろ」

「あなたも知っているはずだけど……ま、記憶力の差を考慮して、私が振り返ってあげる」

興味なさそうに吐き捨てた凜華はスマホを取り出し、「えーっと、そうそう……」撮った写真を確認しているか、スケジュール帳のアプリでも起動しているのだろう。

「このキッチンで、『麗良のちょっとアレな料理スキルを改善しようの会』を開いたわね」

「おう。それが初日だ」

「あの娘の作った卵焼きを食べたあなたが盛大にリバース」

「そういう情報はいい」

思い出すだけで口が酸っぱくなる。一週間ちょいしか経っていないはずの記憶を、やけに遠く感じるのはなぜだろう。具体的にいえば五か月くらい前。

「それから、映画を観にいったりしたわね。あなたと麗良の三人で。タイトルは忘れたけど、ベッタベタなお涙頂戴ものだったかしら。ヒロインが余命何か月とかそういう」

「いや、ラストでわんわん泣いてたのはどこのどいつ――」

「覚えてない。ああ、水族館にも行ったわね。イルカショーで水をかぶった濡れ濡れスケスケの麗良を、嫌らしい目つきであなたが視姦してたんだ。はぁ～、むっつりスケベ」

「待て。それに一番興奮してたのはお前だよな？」

「聞こえない。それから山登りをして、プラネタリウムにも行ったわね」

「……三人一緒に、な」

「そうそう。今日の動物園もね」

天馬(てんま)の記憶とも一致、漏れなく回想できたと思う。

「……で？」

本題は、ここからだった。

「振り返ってみて、何かおかしいと思わないのか？」

「おかしい？」

きょとんと小首を傾(かし)げる女。その仕草は本来の凶暴さとはかけ離れており。不意にギャップでときめいたりしそうだったが、今はほっこりしていいタイミングではない。

「なら、聞き方を変えるぞ。簡潔に、感想を述べろ。長かった連休を総括するつもりで」

「え？　あ〜、ん〜、そうねぇ………………」

ぼーっと口を半開きにしたアホ面からは、ポク、ポク、ポク——と木魚を叩(たた)く音でも聞こえてきそう。シュールな静けさが流れたのは五秒か十秒か、最終的には「チーン」と鈴を鳴らす幻聴。誇らしげな凛華(りんか)は何かを閃(ひらめ)いたらしいのだが、悪い予感しかせず。

案の定、こうだ。

「とても素晴らしい休日でした。まる？」

「小学生の絵日記かなぁ⁉」

間髪入れずに天馬はシャウト。ちゃぶ台があったらひっくり返していそうな迫真さも、のらりくらりの凛華には伝わっておらず。

「あー、夏休みのアレね」

「私、八月三十一日にまとめて書くタイプだったわ」

「俺も大体は最初の一週間で挫折……ではなく、幼稚な感想を真顔で口に出すな！」

「はぁ？　小学生が文豪みたいな感想文を提出したら気持ち悪いじゃない」

「いい加減に絵日記の話から離れろー！」

「そっちが言い出したんでしょー！」

気が付けば顔面を突き合わせての言い合い。狂犬相手に押し負けないだけでも勲章物だったが、少し冷静になろう。力に力で抗すれば戦争も同じ。脱力した天馬はすがるように麦茶を一口。味があまりしないのは心労からか、単純にパックを使い回しているせいか。

テーブルに向かい合って座る二人の男女。家族会議でも二者面談でもない、絶妙に物悲しい沈黙には、さすがの凛華も何かを察知したらしく。

「な、なによ、いきなりしんみりしちゃって。私、悪いことした？」

「そうやって現状に不満を感じてない辺りが一番、重症なんだよ」

「どういう意味？」

「思い出せ。俺たちの目的を」

「……」

「忘れたのか？　お前の望みを」

芝居がかった台詞になってしまったが、純然たる事実。彼女自身の言葉を借りるならば、天馬と凛華は運命共同体——とある悲願を成就させるために結託を誓った間柄。

そんな二人を繋ぎ止めている存在こそ、ここにはいないもう一人の少女。

「忘れるわけ、ないじゃない」

おちゃらけた雰囲気が一気に吹き飛んだ凛華は、

「私は宇宙で一番、椿木麗良を愛しているんだから」

それが己のレゾンデートルなのだと、確信するように言葉を紡いだ。

そう、何を隠そうこの女、幼なじみの麗良にぞっこん。ライクではなくラブ。好きすぎてストーカーまがいの観察日記を付けたり、痛いポエムをしたためたり、淫靡な欲求を少しでも満たそうと百合小説を読み漁ったり。愛欲はもはや暴走寸前。

高校二年に進級して間もなく、うっかりその事実を知ってしまったのが天馬。運命の神様がなぜ自分に目を付けたのかは、さっぱりわからない。もしかしたら本当に意味のない、サイコロを振るような偶然の産物に過ぎなかったのかもしれないけれど。

今でこそ感謝している。選ばれたのが自分でよかった、と。彼女の恋を叶えるため、躍起になる毎日。なぜそんな面倒事を抱え込んでしまったのか、自問自答してみる。

生粋のドMだから――違う。凛華に惚れているから――違う。ただのお人好しだから――否定はできない。ただの馬鹿だから――たぶん合っている。馬鹿にならないと恋愛はできない――いや、別に恋愛しているのは天馬じゃなく。

「ねえ……ねえってば、矢代」

対面に座していた凛華が、いつの間にやら隣に移動。椅子の上で抱えた膝に、ほっぺを押し当てている。行儀悪いポーズが男の心理的にはグッとくるのだから不思議。

「あなたの言いたいことは、なんとなくわかるよ」

疲れからか空腹からなのか、まどろむような声はアンニュイな響き。

「連休の割には普段と大して変わらないって言いたいんでしょ」

天馬がグダグダ引き延ばしてきた口上を、凛華は一文にまとめてくれた。恋愛沙汰になると著しくIQが低下する彼女だったが、別に頭が悪いわけではなく。

「でもさ、考えてみて？　少し前まではそれすらできなかったんだよ、私。普通に話したり、一緒にご飯を食べたり。休みの日に遊びに行ったり。そうやって昔みたいにあの娘の近くにいられるだけで、私は十分幸せなんだ。これってすごい進歩だと思わない？」

だからこその発言。もしかしたら、天馬よりもずっと正確に現状を分析できているのかもしれない。脳の半分ではわかっているのに。

「けど、さ。俺がいるんだよ、そこには必ず」

「え？」

「二人じゃなくて、三人。まるっきり異物混入だぞ？」

美少女二人の間に冴えない男を一つまみ。自主回収＆謝罪会見不可避の事案に、しかし。

「……異物、ねぇ」

呆れているような。諦めているような。複雑なため息を吐き出す女が一人。

「間違ってないだろ？」

その問いには答えず、ぷっくり頬を膨らませた凛華は、

「……あんたは、嫌だったの？　三人で遊ぶの」

「俺の感想が必要か？」

「いいから答える。嫌々付き合ってたの？」

「嫌なわけ、ないだろ。楽しかったよ、俺は」

世間一般の高校生たちが享受する青春を、疑似的にだが味わえたのだから。

「だったら何も不満はないでしょう」

「不満なのはそっちだろ！　俺なんかが一緒にいて楽しかったのかよ、お前は？」

「……っ」

ぷいっとそっぽを向かれる。回答拒否の意味するところは、無論。

「ほら、絶対に楽しくないじゃん！」

「……もういい」

抱えていた膝を解放。黒タイツの足でフローリングに降り立った凜華は、

「帰る。すごく不愉快にさせられた」

完全にご立腹。肩を怒らせ廊下に出ていき「おい、待てよ！」追いかけてきた天馬には目もくれず玄関に向かう。

「お前の逆鱗、どこにあんの？」

「うるさい。全部ぶち壊しよ。私はせっかく、ずっと………感謝してたのに」

「え、マジで帰るの？　夕飯は？　今日は炊き込みご飯だぞ！」

ぎゅるる～、と。返事をしたのは可愛らしい腹の音。

暴走特急にも思えた凜華はぴたりと停止。恨めしそうな視線を天馬に向けてくる。メシで釣る気か卑怯者、と。罵りが今にも聞こえてきそうだったが、興味はあるらしいので。

「鶏肉に、シメジ、マイタケ、ゴボウ。お前の好きな具材、てんこ盛りなんだけど」

基本的に好き嫌いを言わない彼女だったが、中でも好んでいるのはキノコや根菜。おばあちゃんみたいな味覚をしているのを、ここ数週間で熟知していた。

「いくら好きでも……こんな気分じゃ、美味しく食べられない」

「だったらすぐに冷凍するから、明日の弁当にでも入れるか？」

「……」

「いらない？」

「いる」

即答した凛華は、心残りがなくなったのか再び発進。

玄関までやってきたのはいいが、紐の付いたブーツだったため、すぐに飛び出すわけにはいかず。しめたとばかりに天馬はいったんキッチンへ引っ込み。

「おい、皇」

「はぁん？」

ブーツを履き終えた凛華の眼前に、持ってきた紙袋を差し出す。なにこれ、という視線で問いかけられたので。

「まずこっちは、作りすぎた煮物。最近、はまってて……筑前煮とか、煮っころがしとか、ひじきとか、いろいろ。分けてタッパーに入れてある」

「……」

「いらない？」

「いる」

不服そうなジト目のままだったが、手ではがっちり袋をつかんでおり。

「で、こっちはレトルト食品に缶詰。お中元とかお歳暮で大量にもらうんだけど、食いきれなくてさ。賞味期限は残ってるから安心しろよ」

「……」

「いらない？」

「いる」

かくして両手から紙袋を垂らすに至った女は、来訪時の軽装とは打って変わったフル装備。忘れずにしっかり渡せて良かったぜ、と。謎の満足感を得ているのは天馬。

「……ありがとね」

ドアノブに手を掛けたまま凛華は動かず。だけど振り向かず。背を向けたまま喋り出す。

「ごめん。私、感じ悪い女だ」

「安心しろ。それが嫌ならとっくの昔に縁を切ってる」

「……」

「言いたいことがあるんなら、言っといた方がいいぞ」

「異物なんかじゃ、ない」

「ん？」

「絶対に、ない。だって私も麗良も、あなたが…………」

——俺が、なに？

気になる続きを、凛華が言葉にするよりも早く。

ガチャコーン！　外から勢いよく扉が開け放たれ、

「うぇ〜〜〜い！」

香水と化粧の甘い臭気が舞い込んできた。

「お姉ちゃんのご帰宅だぞぉー！」

威勢良く拳を突き上げた女は、元から大きな胸を寄せて上げて谷間をさらに強調。入念にセットされた髪には派手なウェーブがかかっている。もはや花魁、頭からつま先まで全てが女臭い彼女こそ、矢代渚——天馬の実姉にして、両親不在の今は保護者代わり。

本日は喜び勇んで婚活パーティに出かけていたはずだが、

「騙されたぞー！　パイロットもレーサーもいなかったぞー、こんちくしょー！」

やけに帰りが早い訳は向こうから教えてくれた。

「……っとっとっと、やけに良いスメルだと思ったら、凜華ちゅわん！」

両手でパンパン、と。代打を送り出す監督のように凜華の肩を叩いた渚。まさしく酔っ払いのテンションで絡まれ、常人ならば愁眉を禁じ得ないはずだが。

「お邪魔しております、渚さん」

凜華はにこやかに挨拶。どこかに切り替えボタンでも付いているのではと疑うくらい、渚の前では常に礼儀正しい彼女だった。初めこそ不気味に思っていた天馬も今は好意的に捉えている。猫をかぶっていようが借りていようが、礼節に変わりはない。

「お邪魔じゃないわよ。むしろウェルカム。せっかくだから夕飯、一緒に食べましょう？　私も家で飲みたかったから、今日はソフトドリンクで我慢したんだ～」

「素面でそのテンションだったのか……」

「嬉しいお誘いですが、すみません。もうお暇するところでしたので」

外に出た凛華は丁寧にお辞儀。暗に「さっさと帰らせろ」と主張しているわけだが、そういう社交辞令を平気でないがしろにするのが渚。十中八九「ワシの酒が飲めんのか！」的なパワハラを開始するのだろうな、という天馬の予想に反し。

「あー……うん？　そっかそっか、そうだったんだ」

意外にもあっさり引き下がった女は、なぜか弟の顔をちらり。

「ごめんね、引き止めちゃったりして」

「とんでもない。またの機会に、是非」

もう一度頭を下げてから、背筋を伸ばして歩きだす凛華。

「あ、おい、車に気を付けろよー！」

天馬の注意喚起に「子供扱いしないで！」と罵倒を返すこともなく、後ろ姿はそのまま見えなくなった。かちゃり、ゆっくり扉を閉めた渚が、らしくもない、怯えたように肩をすくめていることに気付く。何を言うのかと身構えていたら、

「喧嘩でもした？」

「……さあ、どうだろうね」

女の勘か野生の勘か、とことん天馬とは似つかない。


「……くぅ〜〜〜〜、はぁ〜〜〜〜〜！」


このために生きているとでも言いたげな快楽の声を、文字で正しく表現するのは難しい。ちゃんとコップも用意してやったのに最初は缶から直で。

「よくそんな気持ちよさそうに飲めるよな。今日も収穫なしだったんだろ？」

「わかってないわね〜。『一口目のビールは葬式だろうと美味い。もしも不味かったのならば、それは自分自身の何かが病んでいる証だ』って、偉い人も言ってたでしょ？」

「どこの師匠だ」

「今夜も元気に飲むぞー！」

結局コップは使わず。一本目を秒単位で飲み干した女は、早くも二本目に手を伸ばす。

いつも通りの光景に思えて、実はそうでもなかったりする。渚は平日も休日も男漁りに精を出している生態のため、こうして夕飯の食卓を共にする機会は少ないのだ。

「最近は帰りが早い……つーか、うちで飲むこと多いのな。心境の変化でもあった？」

炊き込みご飯の味を確認しながら天馬が訪ねると、「ありあり。ありよりのあり」豚の角煮に箸を伸ばした渚はにっこり頷く。慣れない若者言葉は微妙に使い方を間違っている。

「なんてったって今なら天馬の青春エピソードを肴にできるからね」

「よくわからないけど。美味いの、それ？」

「絶品。甘酸っぱいからなんにでも合うの」

　実際は酸いも甘いもないのだが、真相は胸の内にしまっておいた。こうして家で飲んでいる限りは、よそ様に醜態を晒す可能性もないから。その分、酔いつぶれた彼女を介抱する苦労は増えるが、姉弟ってそういうものなんだと割り切っている。我ながら甘いとは思うが、シスコン扱いする連中には断固抗議したい。

「それにしても、我が弟の魅力に世間もとうとう気付いちゃったわけか〜」

「魅力……」

「ふっふっふっ、うれしはずかし、寂しいような、けどやっぱり嬉しい♪」

　恥ずかしいのはこっち。今に始まったことではないが、いまいちパッとしない弟の姿が、姉にはジャニーズのイケメンか何かに見えているらしい。

「しかも二人。しかもエッロい。どっちかな。どっちを選ぶのかな。天馬は胸より脚が好きだから、やっぱり凛華ちゃんかな〜。いやいや、麗良ちゃんのおみ足もペロペロしたさ加減では勝るとも劣らない、おまけにオッパイいっぱい夢いっぱい……ぐふぅ〜〜〜！」

　訳のわからない自問自答の末、ニヤケ面でビールを一気に呷った女は、

「天馬ぁ！」

「は、はい！」

ダアン、と。叩きつけられたグラスから泡だけ飛び散る。急激にアルコールを摂取した渚の中では様々な感情が爆発しているようで、

「二人とも幸せにしてやれぇ～～！　うわぁ～～ん！」

両手でゴシゴシ目を擦りながら号泣。泣き上戸・笑い上戸・怒り上戸、全ての性質を兼ね備えているのが彼女。ゲームの世界だったら万能キャラとして重宝されそうだが、現実では面倒臭い酔っ払いの数え役満に他ならない。

「絶対に！　神龍にお願いしてもいいから！」

「あー、はいはい、まずはレーダーを……」

「ついでにお姉ちゃんも幸せにしろー！」

「三つまでオッケーのやつだったらね」

私の力を超えている、とか言われそうだが。事実、誰かに頼ることはできない。その願いを叶えられるかどうかは、天馬の力にかかっている。

「やるしかないよな、ホント」

奇跡も魔法もありはしない。険しい道のりを好き好んで選んだのだから、と。

存外にも吹っ切れた気分の天馬は、決意を新たにするのだった。

△

ゴールデンウィーク明けの登校日。

生徒の間を漂うのは気だるい空気。五月病なる言葉があるくらい、なんとなくやる気が出ないこの季節。環境変化によるストレスが一気に襲ってくるからというのが通説らしいが、一般的な高校二年生には適応障害を発症するほどの劇的な変化はなく。倦怠感の要因はマンネリ化にあった。例年ならば「マンネリ万歳」な天馬だったが、今年に限ってはそうもいかず。

「おっはよー、矢代くん」

机に荷物を下ろしたところで、話しかけてきた一人の男子。天馬の発する陰気なオーラを一発でかき消す明るさ。好青年という言葉は彼のためにある。

「今日も爽やかだな、颯太」

「そういう君は朝から怖い顔だね。休みの間、何かあった？」

「説明が難しいんだよ……」

色々ありすぎて疲れたような。何もなかったのを嘆くような。錯綜する思いを嘆息に変える天馬は、どう見ても楽しそうではなかったろうに。なぜか満足そうに微笑むのが颯太。他人の不幸は蜜の味、とかではなく。彼の原動力になっているのは純粋な好奇心。

「うんうん、思った通り。これはゆっくり話を聞く必要がありそうだね」

「さて、何の話を？」

「椿木さんと皇さんの二人が君に急接近しているって話」

火の玉ストレートの切れが凄まじい。先ほどまで数人のグループ（割とアッパークラス）で談笑中だったはずなのに、天馬を発見するや否や打ち切ったのはそれが理由か。

当然ながら凛華の恋心はトップシークレット、口外するのは許されないのだが。

「あ、話せる範囲で良いよ～、もちろん」

まるで話せない事情があるのを知っているような。ときどき、底知れなさを颯太には感じるが、大丈夫、少なくとも敵キャラではない。彼に助けられたのは一度や二度ではなく、崖の下に蹴落とすタイミングならいくらでもあった。

「本当なら、一回くらい矢代くんの家に行って中間報告を受けたかったんだけど」

「俺の上司なの、お前？」

「実は僕、休みの間はずっと海外でさー。昨日帰国したばっかり」

「はぇー、富裕層だなー」

お土産あるからね、ありがとよ、実に平和ボケした会話を繰り広げていたら、

「おーう。ホームルーム始めるから席に着けー」

どこか締まらなさを感じるその声は、すでに聞き慣れている。

思った通り、教壇には墨色のスカートスーツをラフに着こなす美人。担任の相沢真琴はどうやら低血圧らしく、重たそうに頭を傾けているのだが。

「十秒以内になー、私の手を煩わせるなよー、痛い目見るぞー」

発言がバイオレンスなのは変わらず。十秒後にはしっかり全員着席していた。若い教師は生徒と友達感覚に距離を詰めるか、嘗められないよう厳しく接するかの二パターンあるが、彼女の場合は両方を使い分けている気がした。

「よし、よーし。欠席はなしだな。誰一人欠けることなく再会できて、先生は嬉しい限り」

ここは士官学校だったのかと疑いたくなる言い草に、ツッコミを入れる猛者はおらず。

「あー、そうそう、今日は連絡事項が一つ。去年もそうだったから覚えているだろうが、再来週に生徒会の会長選挙を控えている」

と、一応の確認みたいに言われてしまったが、今の今までそんなイベントの存在をすっかり忘れていたのが天馬。一年のとき誰に投票したかすら覚えていない。学校の政治にはまるで興味がなかったから。

「そして今回、我らがクラスから立候補者が一名……つーわけでどうぞ、椿木女史」

名指しをされて立ち上がったのは、最前列に座していた金髪の少女。麗良が振り返って頭を下げたのを皮切りに、

「いいぞ〜！」「大統領のオーラ！」「キレてるよ、キレてるよ！」「大胸筋が歩いてる！」

教室中が沸き立ち、示し合わせたように拍手喝采。

明らかに間違った掛け声も混じっているが、本来は諫めるべき立場の担任ですら「仕上がってるねぇ！」と囃し立てているのだから、手の施しようがない。

あの～、そろそろ……という感じの笑顔を麗良が浮かべたタイミングで、ようやく静まる。

ちなみに一連のやり取りの最中、天馬はずっとあたふた。こいつらいつの間に打ち合わせをしたのだろう。もしくはアドリブなのか。どちらにせよ怖い。

「えー、実は立候補者は現在、椿木女史一人でな。このまま行くと無投票当選になる。例年なら三、四人は声を上げるはずなんだが、今年はどうにも低調……なんでだろうなぁ？」

天馬にはわかる。単純に負け戦、勝てる見込みがないから。麗良は知名度、人望、カリスマ性、どれを取っても間違いなく校内トップクラス。現職で副会長を務めているため、キャリア的にも申し分なく、対抗できる者がいるとは思えない。

「ま、無投票なんてつまらんから、どうにかもう一人は欲しいところだな。私も何人か声をかけてみるつもりだけど、もしも立候補したいやつがいたら………ん、どうするんだっけ？」

「あ、はい。生徒会の役員……誰でも構いませんが、私のところに来てもらった方が一番早いと思います。公示が三日後の朝ですので、それまでに言ってもらえれば」

「だ、そうだ。奮って応募するように。以上、解散！」

もはやどちらが教師かわからない。

ホームルームが終了すると、すぐに麗良の周りには人だかりができる。頑張ってねー、応援してるよー。先ほどの神輿担ぎに参加できなかった女子たちが淑やかに激励している。

ガヤガヤと休み時間の騒がしさに包まれる中、

「はーやみー！　ちょっといいかー？」

いつもならそそくさ姿を消す真琴が珍しく残っており、颯太に手招き。

黒板の前で話し込んでいる二人の様子を、天馬が何の気もなしに眺めていたら、

「やーしろー！　カモーン！」

なぜか自分の名前を呼ばれ、無視するわけにもいかないので席を立つ。

「何の御用でしょうかぁ？」

厄介事の匂いをプンプン感じていたのは、どうやら正解だったらしく。

「お前、立候補してみる気ないか、選挙」

相手が相手なら寝言は寝て言えと一蹴するシーンだが「な、どうよ？」目の前で白い歯をこぼすのは教師。目下仕事が恋人の淑女を悲しませるのは心が痛む。

「なぜ突然、俺なんかに……人選ミス甚だしいでしょ。それこそ颯太なんて適任じゃ？」

彼女の隣、ニコニコ顔の親友に水を向けたところ。

「うん、勧められた。だから『僕より矢代くんの方が適任ですよー』って言ったんだ」

「そっかー、言ったのかー」

訳がわからなかった。軽く幼児退行するくらい。

「で、言われた私も、意外と有りかなーって。ほら、野ブタをプロデュース的な。冴えない男子が校内でのカーストを上げていくサクセスストーリー？　くぅ～、燃えるねぇ！」

「……そもそも、どうしてわざわざ戦わせたがるんです。別に無投票でも良くないですか」

投開票の手間も省けるし、という天馬の短絡的な思考を読み取ったのか。

「ハッハッハ、青い、青いねぇ、矢代は。何もわかっちゃいねーな」

にわかに鋭さを増した真琴の瞳。切れ長の目元はメイクによってさらに強調。子供っぽさはすっかり吹き飛び、咥えタバコが似合うハードボイルドな女がそこにいた。

「何事も競い合うことによって健全さが保たれ、腐敗が排除されるんだよ。政治も社会も経済も、恋愛だってそうだ。全て歴史が証明してるぜ？」

「完璧に変なモード入ってるじゃん……おい、颯太？」

お前のせいだぞ責任を持て、という視線で友人にヘルプを求める。

「あー、そうですね、先生の仰る内容はごもっともですが、矢代くんを推したのは完全に僕の悪ふざけですので、考え直した方が良いかと」

「まあ、そうだよな。普通に考えてあり得ない。もっと現実的な話をした方が良さそうだ」

軽くディスられているが、反論する気はない。華がなく、知名度もなく、魅力もなく、おまけに甲斐性なし。ないないない尽くしが天馬だから。

「俺とは真逆の人間を選ぶのがベストだと思いますよ」

「お、良いヒントになりそうだな」

「矢代くんの対極に位置する人間か……ふむ、ふむ」

つまり、華やかで、有名で、人気があって、カリスマ性もあって……と、ここまでくれば一人しか思い浮かばず。三人寄れば文殊の知恵とばかりに視線を向ける先。

派手な髪型だったり、制服を着崩していたり、マスカラのボリュームがやばかったり。天馬からすれば地球上で最も近寄りがたいその集団を束ねるボスは、今日も今日とて漆黒のロングヘアが麗しい凜華。窓へもたれるように立っているだけで雰囲気がある。

「皇かなー、やっぱ。地味に野心高そうなとこも先生的にポイント高い」

「わかります。椿木さんVS皇さん、面白い勝負になりそうですよね」

「ダメ――――――ッ!!」

解釈の一致した二人が勝手に盛り上がる中、力強く両腕をクロスさせたのが天馬。日本を代表する某ロックバンドのファン、ではなく。

「それだけは何があってもやめてください！」

「お、おう……珍しく力入ってるが、どうした？」

校内に君臨する二大アイドルが競い合ったらどうなるのか。何物をも貫く矛と何物にも貫かれない盾を、ぶつかり合わせるような。その対決に興味をそそられる気持ちはわかる。

しかし、だ。

「皇と椿木さんを、争わせちゃいけないんだ！」

「争うって、いやいや、矢代くん……」

たかだか生徒会の選挙で何を大げさに、と言いたげな颯太だったが。天馬からすればたとえどんなに小さな火種も、彼女たちの間に生じさせてはいけない。それを一から説明するわけにはいかなかったので、

「ＢＦＦがコンペティターとかコンセンサスを得られないのでコンプライアンスＮＧです！」

声に出して読みたいカタカナ語で煙に巻いておいた。

「……お前ってあいつらのスポンサー？」

「ま、最近は色々うるさい世の中だからね」

真琴は遠い目、颯太には笑われ。いびつな三者三様を作り上げていた、そんなとき。

「失礼するよ」

雑踏の放つノイズを払いのける声。きゃあ、と。同時に歓声のようなものが上がり、

「ちょ、あれって」「そうだよね？」「背、たかーい」「顔、ちっちゃー」

色めき立つ女子の会話が嫌でも耳に入ってくる。黄色い声を一身に受けるのは一人の男子。目測、百八十センチの高身長。痩せているのだが骨格はしっかりしていそうな体。一方で整った顔立ちからは柔らかさも感じられ、威圧感を与えない。落ち着いた色のふんわりヘアも相

まって「ジェントルマン」とか「プリンス」の単語を想起させられる。

同性の天馬ですら思わず「美しい」という感想を抱いてしまった。教室の空気を一瞬で塗り替えた張本人が向かったのは、ブロンドの少女のもと。

「ちょっといいかな、麗良ちゃん」

「あ、辰巳くん！　おはようございます」

「おはよう。選挙の立候補なんだけど、君に聞けばよかったかい？」

「はい。記入してもらう用紙があって……少しお待ちいただけます？」

「もちろんだとも」

顔見知りらしい二人はにこやかに喋っている。麗良は麗良で「プリンセス」という表現がしっくり来るので、絵になるツーショットだった。

「急にイケメン現れたな」と、よくわからない感想を漏らす天馬に対し、

「「え？」」

半ば面食らった反応を重ねるのが真琴と颯太。

「どうした。どうしました？」

「矢代くん、もしかしてあの人をご存じない？」

「え、うん」

「一年以上この学校に通っていてそれは、逆にすごいと思うなー」

「帰宅部の交友範囲の狭さ嘗めるなよ」

「自慢されても困るんだけど。ま、皇さんのことも知らなかったくらいだしね」

友人からは呆れられてしまい、「矢代、休みの日は外に出ような。先生、心配だぞ……」担任からは憐れみ。どちらも大きなお世話だ。

「で、無知な俺に紹介してもらえるとありがたいんだが？」

「はいはい、まっかせてー。二年一組、辰巳竜司くん。獅子座のO型。バスケ部では一年の頃からレギュラーを張っていて、目下次期主将の有力候補。文武両道で紳士的な性格、見てわかる通りのハンサムだから、女の子からは大人気だね」

まんま少女漫画に出てくる設定の詰め合わせ。リアルの世界でそんな完璧超人が存在していることに、しかし、大して驚きもしないのは先例を知るから。

「なんか男版の椿木さんみたいだな」

「良い着眼点だね。実際、校内じゃお似合いのカップルだって推す人も多いんだよ」

「嫉妬の次元はもはや超えてるわけだ」

「そうそう。女子も男子も、『あの人ならしょうがないか～』って納得せざるをえない感じ」

「へぇ～……」

一通りの解説を受けてから、改めて確認する。麗良を前にすれば誰しもそわそわ、特に男子は挙動不審になりがちだが、辰巳は違う。彼女のきらびやかさにも怯まず、むしろ「麗良ちゃんは今日も可愛いね。心が癒やされる」とか、歯の浮きそうな台詞をあっさり口に出せる。踏んできた場数の多さ、いかに女慣れしているかがわかった。

世間の声が表すように、彼らはお似合いの組み合わせに思えるのだが。

——え、それってやばくない？

そんな評価は絶対に許さない。断じて認めない。頑固親父みたいに撥ね付ける、否、食い殺す。地獄の番犬ケルベロスよりも恐ろしい存在がいるのを、天馬は知っている。

おっかなびっくり見やれば、思った通り。

「……チッ」と、この距離からでもわかる舌打ちをかます凛華は、心穏やかではないご様子。今にもブレザーのポケットからバタフライナイフを取り出しそうな目をしているが、幸か不幸か、彼女は普段からそんな感じのため誰も変化には気付かず。

訳を知る天馬だけが唯一、気を揉んでいた。頼む、このまま平穏無事に終わってくれ。神に祈る気持ちで見守っているわけだが、悲しくも天には届かず。

「これで手続きは完了ですね」

「ありがとう。投票まで二週間、お互いベストを尽くそう」

「はい、頑張りましょう」

辰巳が差し出した手を、躊躇いなく取った麗良。それだけならまだ許容範囲だったが、握った手をぐいっと引き寄せた辰巳は、もう片方の手を彼女の肩に置き「正々堂々、良い勝負にしようね」と。近い、近すぎる。そこにやましい思いがないのは、彼の清々しい笑顔が証明しているが、知能指数の低い猛犬にそんな言い訳が通じるはずもなく。

「え、凛華？」「どったのー、急に？」「トイレでも行くぅ？」

困惑気味の友人たちを置き去りに、スタスタ大股で歩き出した長軀の女。その拳が握り込まれているのを確認するよりも早く、天馬はもつれる足で駆け出しており。

「早まるなー！」

がしっ、と。スクラムを組むラグビー選手の感覚で、凛華の細い腰に飛びついた。こうして触れると華奢で、やっぱり女子だと実感するのだが、両足を踏ん張る天馬を引きずってでも突撃しようとする馬力は男子顔負け。

降って湧いた奇行に周囲からは「何事？」の視線だったが、天馬にばかり注目している彼らは知る由もない。「くふぅ～……！」声にもならない吐息は、憤怒と憎悪のない交ぜ。マグマよりも煮えたぎった激情を爆発させそうな女は、標的しか見えておらず。

「殴るなら俺を殴れー！」

天馬は魂の叫び。「矢代くんって、そういう……」「ただのドMじゃん」クラスメイトの視線が痛かったが、気にしている暇はない。だから早く、早く逃げるんだ、俺には構うな。つい先ほど名前を知ったばかりの男へ、死に物狂いでテレパシーを送るのだが。

「あー……そうそう。今日はもう一つ、野暮用があったんだ」

出ていくどころか、こちらに近寄ってきた辰巳。何を考えている、死にたいのか。戸惑っているうちに、美男子の顔は目の前まで迫っていた。さてはナンパでも始める気か。これだから恋愛脳は。情けないポーズで女子に抱きつきながらも脳内はオラつく天馬に。

「矢代天馬で、よかったかな」

「だから、呑気に自己紹介してる暇なんて…………え？」

「初めまして。俺は辰巳竜司」

思わず、腕の力が緩みかけた。自分を見下ろす辰巳竜司の顔は、天馬の人生史上おそらく一番くらいにイケメン。そんな人物がわざわざ自分に話しかけてくるとか、あまつさえ名前を認知されているとか、思いもしなかった。

だから、というわけではないのだが。

「君は、自分が場違いなところにいるってことを、少しは理解した方が良いぞ」

にこやかに放たれた暴言に、反応はできず。

代わりに「ハァ!?」と噛み付くように返したのは凛華だったが、もともと彼女に興味はなかったのだろう、「じゃあな」ヒラヒラ手を振った辰巳は、そのまま去っていった。

「今の、宣戦布告？」「なんで辰巳くんが」「痴情のもつれ？」立つ鳥、跡を濁しまくり。ざわめく教室は混沌に呑まれる寸前だったが、それに追い打ちをかけたのは。

「ぐえぇー!!」

ギャング映画で最初に殺される下っ端みたいに、みっともない叫び。

天馬は気が付けば床でうずくまっていた。臀部に走るのは鈍痛。矢代、アウトー。担任の声が聞こえてきて、理解する。自分がタイキックを食らって吹っ飛んだのだと。

「ちょ、ちょっと、凛華ちゃ～ん⁉」

驚いてすぐに駆け寄ってきたのは麗良。「平気ですか？」床に転がる天馬を抱き寄せながら、お尻を優しく撫でてくれる。その手つきがくすぐったくて、おまけに柔らかい彼女の胸が顔面に押し当てられていて、良い匂いがして、だけどやっぱり痛くて、もう泣きそう。痛みを伴う笑いが禁止になるわけだ。いや、そもそも誰も笑ってない。

様々な感情に押し潰される天馬を、キッと睨みつけているのが凛華。

「お、お前、蹴りはさすがに反則……」

てっきり、どさくさ紛れに体を触ったからお仕置きを食らったのだと。誰しもが思い込むシチュエーション。しかし、プルプル唇を震わす女が叫んだのは。

「なんで言い返さなかったのよ、馬鹿ぁー‼」

「えぇ……？」

一度に色々、起こりすぎて。理解を放棄した天馬は目を閉じる。「仲良くしましょうよ～！」という麗良の泣きそうな声だけが耳に残った。

今年の連休明けは一味違う。五月病にかかっている暇はなさそうだ。

△

美青年から謎の忠告。美少女からムエタイキック。天使の抱擁。ラッキースケベ。

激動という表現がしっくりくる幕開けだったが、そこはさすがの高校生、いつも通りに無味乾燥な授業をこなすうちに、だんだんと落ち着きを取り戻してきて。

「ごめんなさい」

「ん？」

迎えた昼休み。実は食い意地が強いことで知られる例の女が、弁当の蓋を開けるよりも先に頭を下げてきたのだから、天馬（てんま）は驚き。

青空の下、元気な笑い声が背景音楽のように流れている。相も変わらずリア充率が高い中庭の一角、人目を忍ぶような木陰に設置されているベンチを選び、二人で腰掛けていた。

「理不尽に蹴ったりして」

涼しげな凛華（りんか）の横顔はいつもと変わらないように見えるが、太ももの上、短いスカートの裾をイジイジ弄ん（もてあそ）でおり、申し訳なさは十分伝わってくる。

「あー……いや、まあ、いいんだよ、別に」

天馬（てんま）は曖昧な返事。上の空の理由は、喧嘩（けんか）別れのようになっていた昨日の件が大きい。どう関係修復すれば良いのか悩んでいたため、謝るべきはこちらだと思っていたくらい。

「いいわけないいじゃん。痛かったでしょ？」

「ああ。世界を狙えそうなキックだった」

「……ごめん」

「だから俺以外にはするなよ」

「え？」

「今後もしも誰かを蹴りたくなったら、真っ先に俺のところへ来い」

ちょっと変態っぽくも捉えられる発言に、吹き出した凛華は「わかった」と肩を揺らしながら了承。それを聞いた天馬はなぜか安心させられる。

「……あーん、もお！　しっかしぃ～！」

と、せっかく和やかになりかけたムードをあっさりぶち壊すのが凛華。人の首をもぎ取るドラゴンの爪みたいな形で、両手をわなわな震わせる。シャイニング・ウィザードの一発でもかましそうな激高は、言わずもがな辰巳竜司なる男が発端。

「いけ好かないわね、あの男ぉ……麗良の綺麗な手を、あんな風にねっとり触って」

「ただの握手だ、あれは」

「おまけに、肩を、肩をぉ！　ふぅ、ふぅ、ふぅ、くっふぅ～……！」

「ヒステリックに叫んだりするなよ」

衆人環視ゆえに。頭では理解していても我慢ならなかったのだろう、凛華は急に天馬の手首をがっちりつかむ。何をするのかと思えば、人の制服の袖に思い切り口元を押し当てて、

「○×△※□¥$&@◇%＝＊∋∈Φχ∆ΨΩ〜〜〜!!」

もはや日本語ではない何か。意味をなさない記号の羅列みたいな絶叫を、しかし、誰にも聞こえないようにひっそり消化。

代償として天馬の袖口は湿っていた。リップか唾かその両方か。乾くよな、これ。

「は〜、すっきり！」

「……ちなみに、なんて叫んでたんだ？」

「あいつの家にミシシッピアカミミガメ放り込んでやるー、って」

「特定外来種」

まるで意味不明だったが、本人的には鬱憤を晴らせたらしいのでよし。

「というか、その理論で行けば俺の家は今頃ミドリガメで溢れてそうなんだが」

「え、カメ飼いたいの？」

「ちげえよ。あの人、普段からスキンシップ激しいじゃん」

麗良は人との距離感がネジ三本くらい外れており、天馬は毎回ドギマギさせられている。

ああー、と。今の今まで忘れていたような反応を見せる女は、ぽんと手を叩き。

「まあ、あれよ！　国の認可が下りている、みたいな？」

「申請した覚えがない」

「細かいわね。それよりも……ごっはん、ごっはん、炊き込みご飯♪」

凛華の興味は膝の上で広げた弁当にすっかり奪われている。

要するに、だ。初めはむせたり涙を流したりする鼻うがいも、繰り返すうちに何も感じなくなり、やがては日常のルーティーンと化す。存在が当たり前すぎて、もはや天馬を『男』にカウントしていないのだ。

実はこれが大きな問題点の一つ。いくら発破をかけても響かないのは、危機感の欠如による部分が多い。恋愛ドラマにおける敵役、言うならばライバルが必要になるわけだが、タイミング良く現れ、勝手に反感を買ってくれた男が一人。案外、良い起爆剤になるのかも。

「辰巳竜司、か」

天馬が密かに巡らす策略を、凛華が知るはずもなく。

「変な名前出さないでよ。ご飯が不味くなるでしょう」

朝のわずかな時間だけでここまで嫌われるとは。ある意味才能、綺麗に地雷を踏み抜いてくれたのが辰巳だった。

「お前とは相性最悪みたいだなー、あいつ」

「……あのさ、ヘラヘラしてるけど、言われっぱなしであなたは満足なの？」

そっちにも怒っていたんだっけ、と。他人事みたいに思い出す天馬。

「ケッ！　どこが場違いなんだっつーの、小一時間は問い質したいわね、ええ？」

彼女がムキになっているのが一番の謎だったが、いずれにせよ。

「その通りだから言い返す気もない」

こうして凛華が隣にいて、天馬の作ってきた弁当を食べながら、取り留めもない会話をして笑ったり、あるいはそこに麗良も加わったり。どう考えても異常事態。

「全然マシな方だと思うし。ああやって面と向かって言われた方がさ」

主に颯太による功績。クラス内ではその異常事態に今さら疑義を挟む者は少なく、そういうものなんだと受け入れる土壌ができているわけだが、一歩外に出れば話は別。

たとえばこの場所、昼休みの中庭。口には出さないだけで天馬と凛華のペアを意外に思っている者は多いだろうし。もしかしたら今まさにその話題で盛り上がっているのかも。

「少なくとも、私は」

いつからそうしていたのだろう。箸を止めた凛華がじっと天馬を見据えていた。宇宙でも広がっていそうな瞳の色に、ふとした瞬間、見入ってしまうのは今も変わらず。

「ちゃんとわかってるから。大丈夫よ」

何を、と。聞き返すのが野暮に思えるくらい、重みのある言葉で。

「心強いね」

素直に感謝しておく天馬だった。

天馬の在籍する私立星藍高校は、都内有数の規模を誇る伝統校——とかではなく。おそらくは平凡な進学校の一つに数えられる。普通科のみのカリキュラムで、一学年の生徒数は三百二十名、八クラス。アクセスが良好なのと女子の制服が可愛いので、割といろんな方面から通っている生徒が多いくらいが特徴か。

その中に存在する生徒会執行部も、特筆すべき要素はなく。会長、副会長、書記、会計、庶務の五役が置かれており、会長職以外は自薦他薦問わず参加可能。やりたいやつで好きにやってくれという良く言えば柔軟、悪く言えば適当な運用がなされている。

ドロドロの権力争いなんて存在せず、そういった政治に全く興味ない天馬のような男が庶務を務めている点からも、緩い雰囲気がうかがえる。

「へぇー、あの辰巳ってやつも立候補するんだ」

「ええ。ですから、少なくとも無投票ではなくなりました」

「相沢先生は喜びそう。えーっと……これって、全部同じファイルで良かった?」

「そうですね、日付順に綴じてもらえると助かります」

放課後にやってきたのは生徒会室。何やら忙しそうにしている麗良が気になったので、たまには仕事をするべきかと思い天馬はついてきた。

「すみません。矢代くんの手を煩わせてしまい」

「それは全然問題ないんだけど……」

「どうしました？」

プリントをめくりながらノートPCを操作する麗良は、副会長のネームプレートが置かれた席に座っている。長机には他に会長や書記の席も用意されているが本日は不在。というか、その席が埋まっているシーンを天馬は一度も見た覚えがない。幽霊部員ならぬ幽霊役員。

「他の人たちは何をやっているんだろうな、と」

「ああ、矢代くんは最近入ったばかりですもんね」

私もそんな頃あったな、と。ホクホク顔の麗良は、さながら新卒社員を教育する上司。彼女からマンツーマンの指導を受けられる部署とか、配属された時点で勝ち組決定。

「何か議題があるようなときは招集をかけますが、それ以外はわざわざここへ集まる方が非効率的ですし、仕事は各自で処理してもらっていますね」

「なるほど……っていうか俺、そういう集まり一回も参加してないんだけど、大丈夫？」

「庶務は少し特殊で、適宜に仕事をお願いするだけですので、昔から会議とかの出席は全て免除されるシステムみたいですね」

「……初めて知ったよ」

前に真琴が「大した仕事もないのに内申爆上がり」と言っていた理由はこれか。

アニメや漫画の見過ぎだろう。生徒会といえば一堂に会しているイメージだったが、言われてみれば「それって生徒会室使う意味ある？」という内容も多々あった。

「じゃあ会議とかの場合は集まるんだ」

「はい。あ、でも。簡単な意思決定だけならリモートで済ませてしまう場合が多いですね」

「りもーと？」

麗良はキーボードを軽やかに叩いてから、パソコンの画面を天馬に向けた。グループトークのアプリが起動している。天馬のスマホにも（というか昨今の学生なら誰でも）入っている物だが、ＰＣでも機能するのは知らなかった。

「異論のなさそうな決議はこちらで。大容量のファイルも共有できますし便利ですよ」

「……なんかもう、マジで会社じゃん」

「そこまで大それたものではありません。セキュリティに不安もありますし」

「最近はハイテクになったんだなー」

「最近は、というか。こういう形態になったのは去年からですね。私の提案が大体そのまま採用されまして、それなりに無駄は排除されたかなー、という印象です」

「ほう。椿木さんが主導で」

思わず唸る。普段の麗良といえばゆるゆるのふわふわ。鳩か鷹で言えば完全に前者なわけだが、意外にも改革推進派、変化を恐れないタイプの人間だったらしい。

もちろん、良い意味で。日常生活でも地味に押しの強さを発揮するシーンが多い彼女だが、そこには例外なく利他的な精神が見え隠れしている。

「まだまだ発展途上、こうして最低一人は直接足を運ぶ必要があるんですけど」

「あー、紙の資料は全部ここに置いてあるもんね」

「まあ、それくらいは発起人の私が喜んで引き受けましょう」

麗良自身はそこに何の疑問も抱いていないが、正直、教室ではいつも楽しい笑い声に囲まれている彼女が、一人事務作業に追われているのはなかなか受け入れがたいものがあり。

「皆さん、部活動や勉強が忙しいでしょうから。なるべくそちらに注力して欲しいんです。高校生の今しかできない……青春、ですか？　存分に謳歌してもらいたいですね」

それは君も一緒だろ、と。言ってやりたくなるのは天馬のエゴ。とやかく言う資格はないのだが、なぜだろう、ときどき不意に思ってしまう。誰かが彼女を、守ってやらなければいけないんじゃないか。誰かが傍に、いてやらなければいけないのではないか。

その『誰か』に相応しい女がいることも、重々承知しているつもりなのだが。

「俺なんか超、暇人だから」

「え？」

「いつでも誘ってくれて構わないよ」

微力ながら手助けできればいいと思ってしまう。

凛華ほどではないだろうけど、きっと凛華の足元にも及びはしないのだろうけど、一緒にいるうちにどんどん、麗良を好きになっていくのが天馬の本音だった。

「矢代くんがお手伝い、ですか。私を……今日みたいに、二人きりで……密室……」

どうしてだろう、麗良は深刻そうに眉根を寄せたまま静止。次にちらりと天馬を一瞥するや否や、「不味いっ！」とでも言いたげなスピードで視線を逸らしてきた。

「椿木、さん？」

「…………」

今やパソコンの陰に隠れてしまった彼女の顔を確認することは叶わないが、決まりの悪い沈黙が生まれた理由にはなんとなく想像がついた。

「俺が手伝っても大して役に立たないよね。申し訳ない」

「違います！」

麗良が勢いよく立ち上がり、バチンとテーブルを叩いた。露になった彼女の顔には、なぜか薄ら朱色が差し込んでおり。

「ど、どうしたの？」

熱でもあるのかと心配になって詰め寄る天馬に、

「そういう意味じゃなく……」

両手を突き出したこっち来ないでのポーズ。一歩、二歩、後退る麗良。明らかに避けられていた。ひっそり傷心気味の男になんて、両目をぎゅっとつぶってしまった少女は気付かず。イヤイヤと首を振って金のポニーテールが荒ぶる。

「これは完全に、私の落ち度でして……矢代くんが一緒だと、仕事も手につかなくなる可能性が、大いにありまして」

「俺のせいで⁉」

「はい。危険な香りがしますね。注意しないとタガが外れてしまうというか。実は今も若干、危なかったりして？　あはは、アハハハ……」

「なんてこった……」

自覚がなかった分、ショックも大きい。自身の能力が低いだけならまだしも、まさか他人のパフォーマンスまで低下させる疫病神だったとは。

「なんか知らないけど、ごめん」

「い、いえいえ！　どうかお気になさらず！　あくまで抜け駆け禁止、的な。紳士協定を守りたいっていう、それだけのお話ですので」

「うん？」

理由をはっきり言わない辺り、彼女の優しさなのだと受け取った。

「そ、そーだ！　喉、渇きましたね。何か飲みましょう」

ぱちんと手のひらを合わせた麗良は、白黒映画に出てくるロボットみたいにギクシャク。隅に置いてあった電気ポットまでたどり着くと、下の棚をガサガサ漁り出した。

「煎茶に、コーヒー、ダージリン……いろいろありますけど、お好みは？」

「椿木さんのお勧めは？」

「私はよくハーブティーを飲みますね。ノンカフェインなので体に優しいです」

「じゃあそれをお願い……にしても」

改めて周囲を見渡す。広さは普通の教室の半分くらい。スチール製のラックや脚付きのホワイトボードが配置されているのは、他校の生徒会室と変わりないのだろうが。

他にも円柱型の空気清浄機が稼働していたり、小さめの冷蔵庫は上に電子レンジが置かれていたり。入り口にはコートハンガー、窓際にはサボテンみたいな観葉植物。学校の一室のはずが、大学生の一人暮らしにはもったいないくらい整っている。

「どうぞお召し上がりください」

「ありがとう」

隣に腰掛けた麗良と一緒にハーブティーを一口。心を落ち着かせてくれる優しい味だった。

「思ったよりいろいろ置いてあるんだね、ここって」

「ああ、なんか、職員室とかで使っていた備品のお下がりが結構、回ってくるらしく。再利用は良いことですね～……あ、それとか、地味にお気に入りでして」

と、麗良が指差したのはコピー機。コンビニやオフィスに置いてありそうな大型だった。

「見るからにビジネス仕様じゃん。これも中古？」

「はい。事務室で使っていた物を、いらないって話なのでもらってきました。古い型なのでもう使えないって先生には言われたんですが、メンテナンスしたら普通に動きました」

「へー、機械に強い人がいるんだ」

「あ、私がやったんですけどね」

「……マジで？」

無骨なフォルムの複合機は、パッと見どこを直せば良いのか天馬にはわからない。

「実はそういうの、詳しかったり？」

「全然。マニュアルが付属していたので、読み込んだだけです」

「それだけで理解できるのは十分すごい」

というのも、矢代家では新しい家電製品を購入するたびに「使い方わからない！」と抜かす面倒な輩がいるため。姉を擁護するつもりはサラサラないが、ああいった取説はときどき、わざとわかりにくく書いているのではないかと疑うくらい不親切。

「私、マニュアル読んだりするの好きなんですよ。テレビとかパソコンとか、なんでも」

「意外な一面」

失礼ながら、家電量販店の店員に「インターネットください！」とか無茶苦茶言うタイプの人間なんだろうな、と勝手に想像していた。それはそれで可愛いのでオッケー。

しかし、だからこそ料理の腕が壊滅的なのが謎ではある。もしかしたらお菓子作りとかなら上手いのかもしれない。あれは一種の化学実験みたいなものだから。

「ていうか、情報の授業でもないのにパソコンが使えるのにも、俺は驚きだったんだけど」

麗良がいじっていた他にも一台、薄型のノートPCが置かれている。

「あれって椿木さんの私物、とかではないよね？」

「学校の備品ですね。生徒用に貸し出しているものです」

「貸し出し？」

「矢代くんも申請すれば普通に使えると思いますよ」

「ふーん。うちの学校、そんな制度あったのか。もっと周知したらいいのにね」

「そう！　そうなんです！」

「ぬえ？」

よくぞ気付いてくれました、とでも言いたげな麗良は、青い瞳をキラキラ輝かせる。それは今まで彼女が見せてきたどの一面とも明確に異なっており。

「二十台以上、近々OSのサポートが終了するとかで今年に入ってから全て買い替えたらしいんですけど、これが無駄にパワーのある業務用モデルでして。せっかく用意したのに誰も使おうとしない、使えることすら知らないって、宝の持ち腐れ以前に怠慢以外の何物でもありませんよね。六秒くらいで起動してサクサク動くんで皆さんにもぜひ体感して欲しいです」

「うんっ！　あの、椿木さん？」

おそらく無自覚なのだろう、早口でまくし立てるたびに体をズイズイ近付けてくる。天馬の膝の上には彼女の手が置かれ（そのせいで逃げることも許されない）、顔面を突き出した麗良は女豹のポーズを取ったにも等しい。

「一事が万事って言いますか、考えてみるとうちの学校ってなかなかもったいない、惜しいなって部分が多々あるんですよね。たとえば新入生の募集要項、髪型とか服装とか、うちって校則が割と緩い……あ、これだと言い方が悪いですね……そうだ、自由！　自主性を重んじる自由な校風っていうのを大々的にアピールすれば、興味を持つ子も増えると思うんです」

「あ、ハイ」

「そもそもですね、少子化の昨今はどこの学校も子供の取り合いで、生き残りの戦争が勃発しているわけじゃないですか、その激戦を勝ち抜く術は……」

「まだ続くんですかぁ⁉」

日頃から思うところがあったのだろう、麗良の語りは止まらず。

圧がすごいし、熱い。紛れもない人肌の体温。一歩間違えばキスしてしまう距離のため、天馬は全力で仰け反る。見下ろせばボリュームのある胸、その谷間に吸い込まれるネクタイ。生まれ変わったらなりたいもののベスト３に美少女のネクタイがランクインした瞬間。

「はぁ〜、いつかはここにある資料も全部、ＰＤＦにしてアーカイブ化したいですねぇ〜」

壮大な計画を口にした辺りで生じたわずかな隙を、天馬は見逃さず。

「椿木さん！」

「え、あ、はい？」

彼女の肩に手を置いて押し返すことに成功。同時に確信を口にする。

「君が生徒会のトップに相応しい！」

それどころか理事長クラス、経営に参加するべき器。

普段の麗良は癒やし系のため、選挙とか演説とか本当に大丈夫なのかなぁーと心配さえしていたが、完全に杞憂だったと思い知らされる。

「矢代くんに太鼓判を押されるなんて、光栄です」

「そ、そう？」

「けど、辰巳くんもなかなか強敵ですよ」

「まあ、人気はありそうだね」

女子にモテるために生まれてきた男という印象だが、天馬にはそれ以上の情報がない。

「椿木さんは仲良いの？」

「あ、はい。私がよく部活のお手伝いに行っている関係もあり」

「大分フランクに接してきてたよね」

「辰巳くんはみんなにそうな気もしますけど……」

付き合ってもいない女性の身辺調査を始める痛いやつ、に思われたら遺憾だが。凛華の恋愛参謀役として、そこら辺はきっちり聴取しておく必要がある。

「確かに、男子バスケ部の中では一番仲良しかもしれませんね」

「ぶっちゃけると、どんなやつ？」

「優しくてユーモアのある人です。特に女の子に対しては紳士的なので、尊敬しています」

手放しに褒められてしまい、眉間にしわが寄る。重ねて言うが別に嫉妬しているわけではなく、もしも凛華が聞いたら脳を破壊されそうだなと思っただけ。

「だから、矢代くんに喧嘩腰だったのはちょっと驚きで」

「俺も完璧に不意打ちだった」

「面識はないんですよね？」

「一度会ったら忘れないって、あんなイケメン」

しかし、向こうからすればもしかしたらずっと目障りに思っていたのかも。

──場違いなところにいる、と。公言するくらいには。

これは天馬の個人的な見解だが、イケメンという生き物は概して心に余裕がある。余裕のないイケメンなんて十六年の人生で一度も見た覚えがない。おそらく彼らは少し気に障るような出来事があっても、「落ち着け、鏡を見ろ、俺はイケメンだぞ？」という心のストッパーが掛かり、平静を保てる。

　とどのつまり、彼と天馬の間には、「少し気に障る」や「笑って流せる」程度では済まされない、私怨とも呼ぶべき因縁が存在していなければならない。

「あ、そういえば。最近、矢代くんについて聞かれることがやけに多かったような……」

「辰巳が？」

「はい。向こうから名前を出してきたのでよく覚えています」

「ちなみに、どんな内容？」

「いろいろですね。同じクラスなの、から始まり。いつから仲良くなったの、とか。生徒会に入ったのは誰の誘いだったの、とか。モテるの、とかも聞かれましたね」

「なんだそれ……」

　明らかに探りを入れてきており寒気がするのだが、最後の一つは輪をかけて異質。どう考えても天馬はモテそうには見えないはずだから。

「矢代、くん？」

「…………」

　生で渋柿飲み込んだような顔の天馬。辰巳の怒りの根源について、一つの仮説が成り立ってしまった。昔の人の慣用句を借りるならば、馬に蹴られて死んでしまえ。犬に咬まれて死にさらせ。枕言葉は共に『人の恋路を邪魔する輩は』（江戸時代末期、作者不明）。

　断っておくが、天馬は決して恋愛脳ではない。むしろそういったピンク色の思考回路を鼻で笑い飛ばすタイプ。ゆえに、その可能性を当初から頭の隅には置きつつ、いやいやそんなわけねーだろ、と否定し続けていた。しかし、もしかすれば今回ばかりは凛華が賢明。麗良に近寄る不埒な男を尽く駆逐してきたという実績は伊達じゃない。

「おいーっす。勝手に入るぞー」

と、がさつに扉を開け放ったのは、アッシュグレーの髪がよく似合う女教師。

「椿木女史、いるかなー……って、なんだ、矢代もいるし」

ずかずか生徒会室に踏み入ってきた担任は、何を思ったかニヤリと口角を上げる。

「もしかしてお邪魔だったか？」

「馬鹿言わないでください」

呆れる天馬の横で「アハハハ……」と、苦笑いを漏らす麗良。渚や颯太にも同じことは言えるが、どうしてこうもお花畑な思考に染まれるのだろう。

「ま、私はすぐに消えるから続きはじっくりしっぽりどうぞ」

「教師が何を推奨してんだよ……」

「あ、あの～！　ご用は私に、ですよね？」

「ん、そうだった。選挙の件、推薦人と応援演説の担当が一人ずつ必要だから、早めに決めとけなー。お前のことだからわかってるとは思うんだが、一応の確認で」

まともな内容に天馬は驚く。まるで生徒会の顧問みたいだ。

「いや本当に顧問なんだって！」

「心を読まないでください……え、なに、推薦とか応援とかあるんだ、選挙って？」

体裁が悪かったので、真琴ではなく麗良に振ってみる。その馬鹿みたいな質問に、

「矢代くん、今年からの転校生……とかではありませんよね？」

彼女らしからぬ胡乱な目。婉曲的にお前は一年間何をやっていたのだと言われたわけだが、実際、去年の記憶ははっきりしない。文化祭や体育祭すら曖昧だ。

「似たようなもんかも。思い出とか皆無だし」

「だったらこれから沢山、作りましょうね」

「その言い方、エロく感じるのは私だけ？」

「先生マジで黙ってて」

「じゃあ、解説しまーす。選挙には候補者本人の演説の他にも、応援演説というものが行われています。その人がいかに会長に相応しいかを力説する立ち位置ですね」

国の選挙と変わらないだろうし、そちらは大体想像がついていた。

「なら、推薦人ってのは？」

「あー、そうですね、規則によりますと『立候補者の適性や人格を保証する立場』……らしいんですが、実務として何かをするわけではないみたいです」

「要するに『エグゼクティブプロデューサー』みたいなもんだろ」

言いえて妙な真琴の表現。それで納得するのもどうかと思うが。

「まだどっちも決まってないの？」

「はい。大体は昔なじみの友人に頼むものなんですけど、私の場合はそこに今の生徒会長さんだったり、お手伝いしている部活の部長さんだったり、『やろうか』っていう声が多くかかっておりまして……せっかくの申し出なんですが、名前を書けるのは一人だけですからね」

候補が多すぎて選ぶのに迷っている感じか。贅沢な悩みとも言える。

「私の知る変わり種だと、付き合ってる彼氏彼女に頼むパターンもあったっけ」

「逆にこれきっかけで仲が深まって、付き合ったパターンも私は知っているし」

「……そういう情報は求めてないですし」

「……露骨に俺を見てくる理由も不明なんですけど」

ウザすぎる二十九歳児を全力で視界の外に追いやりつつ、天馬の思考はかつてないほど冴え渡っていた。たとえるならパズルのピースが次々に埋まっていく、小気味好いあの感覚。渡りに船とはまさしく今の状況を指すのだろう。

「あー、椿木さん？　俺から一つ、提案なんだけど……」

何をやっているのかさっぱりわからない陰の役職――エグゼクティブプロデューサー。なるほど、今の天馬には相応しい肩書だ。

△

三日後。暦上では特筆する要素もないその日の朝が、星藍高校では選挙の公示日（あるいは告示日、何が違うのかは知らない）として定められていた。

教室棟一階、昇降口を通ってすぐにあるスペース。登校してくる生徒たちが足を止めているのは緑色の掲示板。四月中はカラフルな部活動の勧誘ポスターがひしめき合っていたが、今はすっかり剝がされ。代わりに貼られているのは殺風景な白い紙が一枚。

記憶はないがきっと去年の同じ日、天馬はその前を何の興味もなしに通り過ぎていたのだろう。実際、例年通りならばその掲示物に大した興味は集まらなかったのだろうが、今回は少々趣が異なり。人だかりから聞こえてくる声の量は、過去最大クラス。

「なに騒いでんの？」「選挙の面子だよ」「椿木さんと辰巳くんでしょ？」「一昨日くらいからわかってたじゃん」「そうじゃなく、応援演説のとこ見てみろよ」「……あー、マジで⁉」

普通じゃないざわめきをしっかり耳に残してから、天馬は教室に向かった。

「えー、というわけで！　選挙の候補が出揃ったわけなんだがー……」

ホームルーム。いつもなら真琴の統率力により静まり返っているはずだが、今日ばかりはそうもいかず。ざわ、ざわ、と。注目を集めるのは無論、教壇に立っている二人の女子。

「うちのクラスから立候補が一人……って、こっちはもう知ってるよな。んじゃ、椿木女史、決意表明でもどうぞ」

「あ、はい。皆さんのご期待に添えるよう、全力を尽くしますね」

「うんうん、先生も期待しているぞ。そして、あー、お前らお待ちかね、もう一人が……」

ごくり、と。生唾を飲み込む音。その瞬間、水を打ったような静けさが広まり、浮ついた空気が一気に吹き飛ぶ。麗良に対する反応とは正反対のそれに、天馬は驚かない。なにせ彼女たちはまさしく対をなす存在、二振りの名刀に他ならず。

「応援演説を担当する、皇だ。はい、拍手～」

オオオオオ、と。地鳴りのような歓声と共に全員が手を叩く。かなり異常な光景だったが、壇上の女はまるで興味がなさそうに、俯き加減で目を閉じる。ライブが始まる瞬間のロック歌手を思わせる立ち姿に、感動したのは一人や二人ではなかったらしく。

「おいおい」「死角がねえ」「最強の二人だぜ」「盆と正月じゃん」「ダブルオ〇ライザーかよ」

頭の悪そうなたとえをボソボソ呟く男子もいたが、前髪をかきあげた凛華からギラリと睨みを利かされ「嘘です」「撃ち抜かないで」縮こまるしかなかった。

「じゃあ、同じく意気込みを一発、言ってみろ」

「…………」

――言う必要、ある？

大人だろうと担任だろうと容赦なく、攻撃色の赤い瞳で見返す凛華。しかし、今回は相手が悪い。飄々としていながらも腹の底の深い部分で肝が据わっている真琴には通じず、

「ん、どした？　早くしろー」

笑顔の返し。強い。この学校の最強は彼女ではないかと、天馬はときどき思う。

それでもなおだんまりを決め込んでいる女だったが、「凛華ちゃーん？」親友の少女から促されてしまい、特大のため息と一緒に口を開くしかなかった。

「……やるからには、勝つ」

「いよぉ～、素晴らしいねぇ！　楽しみにしてるぞー。じゃ、本日の連絡は以上……」

と、両手を打ち鳴らす一丁締めの真琴に、

「あの～、相沢先生？　もう一人……」

おずおず申し出たのが麗良。どこまで行っても律儀な人だ。別にこのまま忘れ去ってくれても天馬は一向に構わなかったのだが。

「あ！　そうだった、悪い。えー、なんだっけ？　えぐぜくてぃぶ……じゃねえわ、そうアレだアレ、推薦人！　推薦人になったのが、矢代だ。はい、拍手」

覇気のこもっていない拍手がパラパラ。完全におまけみたいな扱いだったが、実際おまけな

のだから仕方ない。ちなみに天馬はいつもの自分の席に行儀良く座っている。前に出てあの二人と並び立つなんて公開処刑に等しい。

「えーっと、なんか言いたいことあるか、矢代？」

「あると思います？」

「おっ、こわっ！　じゃ、ホントのホントに終了、解散！」

真琴が教室を出ていくと、立ち上がった生徒たちがわらわら前に集まっていく。中心にいるのは黒髪と金髪の少女。破顔一笑の麗良が凛華の手を握っている。いかにも花やぐ絵。

天馬の狙い通りだった。立候補者と応援役は一蓮托生。ビラ配りやポスター撮影など、必然的に行動を共にする機会が増える。キャラ作りを重視する凛華も納得する『自然』な交流が増えるわけだ。この点は三日前、真琴のウザすぎる発言がヒントになっていたため、素直に感謝しておこう。ありがとう二十九歳児。

「珍しく悪い顔してるね」

と、肘をついた両手を鼻下に持ってくる司令官ポーズの天馬に、近寄る男が一人。

「僕は『勝ったな』、とか言えばいい？」

「……お前はあの立ち位置、すごく似合いそうだな」

褒めたつもりはないのだが笑った颯太は、副指令よろしく天馬の隣で休めのポーズ。

「矢代くんの立案でしょ、あれって」

「なんのこったよ？」

「隠さなくてもいいじゃん。まさか皇さんが応援役になるなんてね」

「……椿木さんを一番よく知っているのは幼なじみの皇なんだから、まさかも何もないだろ」

「それはそうだけど。皇さんってこういうイベント系にはあまり積極的じゃない……むしろ面倒がるタイプでしょ？　二つ返事で出てくれるとは思えないなぁ」

颯太の言う通り。親友のそういう気質を人一倍理解しているからこそ、麗良も凛華の力を借りることには難色を示していたのだが。

「いったいどういう魔法を使ったのやら」

「人を黒幕みたいに言うなっての」

「大体は想像つくけど……ま、辰巳くんがよっぽど嫌いってことなのかな」

「お前、マジで全てを見透かしてそうで俺は怖いぞ」

「あははっ。僕はむしろ好きになったけどなー。辰巳くん、可愛いところもあるんだなって」

「……か、可愛い？」

天馬に謎の暴言を吐いた件を言っているのだろうが、控えめに言って微塵も可愛くない。やはり颯太は根っからの好事家。何に食指が動くかなんて常人には理解不能だ。

「すいませーん！　椿木麗良さんと皇凛華さんって、このクラスにいらっしゃいますかー？」

よく通る声に目を遣れば、廊下側の窓から身を乗り出している生徒が一人。活発そうなおさげの髪。背は低いので下級生かもしれない。すぐに手を挙げた麗良に向けて「広報委員なんですけど、校内新聞に載せるコメントを頂きたく！」はきはき用件を告げた彼女。

「へー、新聞とかあるんだな、うちの高校って」

完全に初耳だったのは、どうやら天馬だけらしい。

「矢代くん、僕はたまに君の学校生活が本気で心配になるよ」

「ほっとけ」

「っていうか君も座ってる場合ではないんじゃや？」

意味がわからずにいると、「それと矢代天馬って人も！」追加で呼び出し。

「あ、いらっしゃらなかったら結構でーす！」

わざとらしいくらい大声で叫ばれたのが微妙に癪だったので、天馬は腰を上げる。

他の二人と一緒にゾロゾロ廊下へ出たのだが、

「げっ」

思わず変な声が漏れる。壁にもたれて待ち受けていたのは長身の美男子。辰巳竜司の他に、取り巻きの男子が二名。両者ともガタイが良いので十中八九バスケ部員だろう。

「ごめんなさい、すぐに終わりますので。えー、この度は皆様方………」

ペンとメモ帳を持った女子が何事かを説明しているが、ほとんど耳には入ってこず。

「………」

「…………」

無言のまま視線を交錯させているのは、凍てついた冷気を発する女と、逆に温和な雰囲気を醸し出す男。幻覚ではない。二人の間に散る火花を天馬は確かに目撃。

先にしかけたのは凛華だろうが、辰巳が気圧される様子はなく、柳に風とばかりに平静を崩さないのだから驚いた。百獣の王たる獅子と、それに食ってかかる孤高の狼。

「ってわけで。まずは個人的に一番興味がある……皇先輩から、コメントお願いしまーす！」

その攻防は部外者には認識できないのか、あるいはただの能天気なのか、元気印の後輩は凛華をご指名。と、何を思ったかロンリーウルフはつかつか足を鳴らして迫り、それを予期していたかのようにライオンキングも一歩踏み出し。

完成したのは顔を突き合わせる美男美女。女子にしては背が高い凛華だったがさすがに辰巳よりは頭半分ほど小さいため、珍しく完璧に見上げる側になっていた。

「凛華、ちゃん？」パチパチ瞬きする麗良、「およっ？」目をキョロキョロ動かす広報委員。「え、なに？」「さあ？」まるっきり置いてけぼりを食らっている辰巳の連れ二人。

疑問符一色の中、仕掛け人の天馬だけが身構えていた。来るのか、と。

スローモーションのようにゆっくり開かれていく凛華の唇。そこから果たして何が発せられるのか。あんたなんかに負けないわよ、か。気安く麗良に触らないでくれる、か。天馬の貧相な想像力では当てられるはずもなく。

現実は、こうだ。

「潰すから」

短いゆえに重い言葉は、明確な敵愾心の表れ。

「え、え、え、こっわ……怖いぃ！」「竜司、お前なにやらかしたのー⁉」

取り巻きの二人は完全に恐れおののき。

「どうしてそうなるんですか～！」

凛華の背中をポカポカ叩いている麗良は悲痛な叫び。

「ほっほー！　聞いてたより三倍やべー人じゃん！」

なぜか大興奮の広報委員も含めて狂瀾怒濤の展開だったが、天馬は気付いていた。

その恫喝に本来は最もダメージを受けていて然るべき男が、明鏡止水の面構えなのを。

「へぇー……面白いじゃないか」

心に灯した炎を投影するようなぎらつく瞳で、真っ直ぐに天馬を見つめていたことも。

二章　荷物は少ない方が良い

凛華が辰巳相手に殺害予告まがいの啖呵を切ってから、丸一日。その一大ニュースはすでにほぼ全校生徒が知るところであり。

「いやー、はっはっはっは。派手にやったみたいだね、どうにも」

まだコーヒーの匂いに染まりきっていない朝方の職員室。角の定位置に座した相沢真琴が野卑な笑いを漏らす。両手で広げているのは、宇宙人発見を大々的に報じるスポーツ新聞……ではなく、生徒に配布される予定の校内新聞、そのサンプルだった。

「なになに、『潰すから――早くも牙を剝く狂犬』『今年の選挙は一味違う』……言われ放題だな、おい。うっわー、見ろよ、この集合写真の不機嫌そうな顔！」

「皇はいつもそんな顔です」

「だからってもう少し愛想良く……あ、事務所的にそういう売り出し方針なわけ？」

「俺はあいつのマネージャーではありません！」

天馬が全力で抗議しても、「似たようなもんだろ」と笑う真琴はどこ吹く風で、もっさり脚を組む。いつも通りストッキング着用。タイトスカートのスリット部分から柄の入ったレース生地がちらりと見えて、危うく凝視しかけた。見えても良いやつだよな、あれ。

「前々から思ってたけど、矢代って絶対に下半身フェチだよな」

「何を言っているのかさっぱりわかりませんが……それはたぶん、バーナム効果です」

「え、バーザム降下？　ティターンズならとっくに滅んだぞ」

「バ・ア・ナ・ム・効・果！　誰にでも当てはまる曖昧で普遍的な診断をして、あたかも自分のことをずばり言い当てたかのような印象を与える、狡い占いの手法です！」

「ほーん。その心は？」

「男って生き物は往々にして女性の脚部に魅力を感じるものなんです。まるで俺だけが異常性欲を持て余しているみたいな言い方はやめてください！」

「魅力を感じるのは否定しないんだな」

言い負かしたようで墓穴を掘った気もするのだが、ムキになるのはやめよう。

「ちなみに私はケツがでかいとよく言われる」

「なんのアピールだ……ってか、いつまで続くんです？　全然楽しくないこのお喋り」

「先生は楽しいから安心しろ」

「朝っぱらから呼び出したのはその記事を見せるためですか？」

「ああ、そう、そうだったよ」

新聞の一面に細かい文字がびっしり。大半が生徒会選挙に関するもので占められる。

「まだ草稿段階。今なら私の権限で握りつぶすことも可能だが、どうするマネージャー？」

「闇の取引を持ち掛けないでください」

「ちょっと言ってみたくてな。真面目な話、もう少し柔らかい表現に変えてもらうとか」

「別に良いですよ、そのままで」

見出しこそキャッチーな煽り文句だが、中身を読んでみればいたって簡明直截、客観的な事実に真っ当な批評しか載っていない。あの広報委員、一年生ながらそこら辺はきっちり弁えているらしい。これに検閲が入るとすれば報道の自由はないようなもの。なにより、記事が出回るまでもなくそこに書いてある内容はすでに周知の事実。

「ふぅん、意外と男らしいな。ギャップ萌えとか狙ってる？」

「あなたがギャップ萌えを理解してないのはわかりました」

「ま、私は面白いから大歓迎。いや〜、あの辰巳が一泡吹く瞬間、見たいよな〜？　すかしやがって、こいつー」

真琴はケラケラ笑いながら、記事に載っている辰巳の顔（爽やかスマイル）をパチーンとデコピン。もしかしたら彼女なりの愛情表現、ツンデレという可能性もあるため、

「辰巳と仲、良いんですか？」

「馬鹿言え！　犬と猿だよ！　あ、もちろんこっちが犬な？」

謎のこだわり。しかし、だとすれば犬種はシベリアンハスキーだろうか。凜々しい見た目に反して子どもっぽくてやんちゃで、雪の降った日とかはしゃぎまくる。

それこそギャップ萌えだよなー、いやいや、アラサーの女教師に萌えるようになったらさすがに人生やばいだろー、と。訳のわからない葛藤に見舞われていたら。

「俺がどうかしたのかい？」

天馬の肩に手が置かれる。振り返ってみれば、高い位置にハンサムフェイスが浮かぶ。男のくせに良い匂いとか、何を食って生きればこうなれる。

「た、辰巳……」

「竜司で良いぞ？　友達はみんなそう呼ぶからな」

気まずく視線を泳がす天馬とは対照的に辰巳は落ち着き払っており。

「………考えとくよ」

ちゃんとした会話をするのは初。友好を深めたつもりは一ミリもないのだが、だからといって皮肉を言われた感じもなく、サバサバしているのか大物なのか。

「なーにしに来たんだよ、お前ぇ？」

露骨に不機嫌そうな真琴。招かれざる客とでも言いたげだが、辰巳に自覚はないらしく。

「いやー、別件で来ていたんだけど、何やら興味深い話が聞こえたものでね、参戦希望？」

眼前でパッと咲いた笑顔に、そりゃ女子からモテるよなと天馬は納得。凜華もそうだが、容姿に秀でる人間は得てしてその活かし方も熟知している。

ひと悶着あった天馬ですらコロッと騙されそうになるほどの魔性だったが、しかし。

「拒否するぅ。あっち行け、しっし！」

真琴には通じず、目障りなハエを追い払うジェスチャー。まるで座りながら見下すような、不遜に仰け反ったポーズを取る。反りすぎてブラウスの胸元がパツパツだ。

「俺が水なら真琴ちゃんは魚って話だろう？」

「勝手に交わらせるな。耳腐ってんのか？」

「ひっどいなぁ〜………っと、おや、もしかして、髪切ったかい？」

「話すネタないときのタモさんか！　どうでもいいことに気付かないでいいんだよ」

「若く見えるね、良いじゃないか。まあ、真琴ちゃんならなんでも似合うけど」

「美容師みたいなおべっかを使う暇があったら敬語を使え！　あとちゃん付けやめろ！」

なんだろう、これ。初めて見る光景なのに、なぜか「いつもこうなんだろうな」と想像がついてしまう。水に油、絶妙に噛み合っていない二人。真琴をここまでおちょくれる生徒は他にいないはず。からかっている認識が本人になさそうな辺り、輪をかけて質が悪い。

「あー、もお、こいつマジでやだ……矢代、どっかに連れてってくれ、今すぐ！」

「そういう業者じゃないんで、俺」

「う〜ん。旗色が悪そうだから、今日はこの辺でお暇しようかな」

空気を読んだのか満足したのかはわからないが、イケメンは自ら退散してくれるらしい。こいつの性格が未だに読めん、と首を捻る天馬は、

「じゃ、行こうか、天馬」

「え？　うおっ！」

バックハグみたいな体勢で、辰巳に強制連行される。この強引さにきゅんとくる女性は多いのかもしれないが、男としては単に暑苦しいだけだった。


職員室を出るとすぐに天馬を解放した辰巳は、

「例のあれなんだけどさ。君の差し金って解釈で良いかい？」

「は？」

文脈も脈絡も欠落している質問に、天馬は首を傾げるしかなかったのだが、それをかまととか何かに受け取ったらしい男は、眉を片方だけくいっと上げる。

「皇凛華が選挙に関わっている件、だな」

「……だったらどうした？」

「どうもしないけどね。ただ……」

手持ち無沙汰に襟足をいじる辰巳。適切な言葉を選んでいるように見えたが、最終的には諦

めたらしく、降参したように肩をすくめる。

「天馬っていろんな人にモテるんだなー、と。羨ましい限りだ」

どの口がほざくのだろう。嫌味なのか天然なのか。特定できるほど辰巳を知らないのが天馬だったが、とにかく、彼が大きな勘違いをしているのは明々白々。

大方、天馬が三角関係の中心にいるとか、あるいは二股かけているとか、そういう身勝手な妄執に苛まれているのだ。その誤解を解くのがいかに至難の業か、友人や担任や肉親によって十二分に理解していたので、これに乗じてとある『仮説』の立証を試みる。

「……そうだな。最近はモテモテすぎて困ってる」

「うわっ、自慢かい？　嫌なやつだねー」

「なにせ男も寄ってきてるくらいなんだ」

「え、それは全然、羨ましくない」

「そいつはバスケ部のエースでさ。俺なんか目じゃない上位カーストの人間なんだけど」

「……」

「なぜか裏でこそこそ俺のことを嗅ぎ回っているみたいなんだよ。不思議だろ？」

皮肉が通じる相手だとは思っていなかったのだが、

「もしかして、麗良ちゃんから何か聞いた？」

存外にも効果あり、ばつが悪そうに頬をかいている男。

「俺に興味があるんなら、質問は直接受け付けるけど」

「アハハハ……すまん、すまん！　いやー、白状すると、先月の中旬くらいからかな、君のことはチラチラ見かけていて。いわゆる目の上のたんこぶでさ」

「俺が？」

「そうそう。え、こいつ、俺の気になるあの人といつも一緒にいない？　みたいな」

はにかむ辰巳に初めて男子高校生らしいあどけなさを感じたが、それよりも。

——今、気になるあの人と言ったか？

先月の中旬といえば無論、天馬が凛華や麗良と行動を共にする機会が増えた時期を指す。その点で候補は二人。しかし、そもそも辰巳は凛華と面識がない。フルネームで呼び捨てにする程度には興味がなさそうなので、実質除外。

「というか、実は割とニアミスしていたんだよ、俺たち。彼女の周りでね」

「ニアミスって……」

「そういう君は、俺のことなんか目に入っていなかったわけか。強かだね」

人を恋愛強者みたいに扱ってくる辰巳だったが、大きな勘違い、単純に天馬は周りを見る余裕がなかっただけ。認知バイアスは本当に恐ろしい。

情報を、整理しよう。まず、辰巳には気になっている女性がいる。そして、天馬がその周りでうろちょろしているから目障りに思っていた。それはごく最近、四月中の出来事。

「…………………………………………………………なるほど」

「すごい溜め方⁉」

確かに溜めたが、悩んでいたわけじゃない。その事実をどうしても認めたくないと、脳の一部分、側頭葉辺りが悲鳴を上げていたため、説得に時間がかかったのだ。

仮説は証明された。されてしまった、とでも言うべきか。

「ハァ〜………マジでホント、ハァ〜………オエッ！」

「ため息深すぎてえずいてる人間、初めて会ったなぁ」

立ち眩みに襲われたようにふらふらする天馬。脳内ではなぜか車掌のアナウンス。

——もう満員です、駆け込み乗車はおやめください、ドア閉めます、閉まってまーす！

頼むから入ってこないで、というのが本音だったが。恋愛の列車に定員は存在せず。恋する権利は平等。否定する資格は誰にもない。理解していた、はずなのに。

「もしかして、強敵が現れてうかうかしてられないなーとか、思ったり？　はっはっは、ようやく君も、俺をライバルとして認識したわけか」

「……へっ」

乾いた笑い。うかうかしていられないのは事実だが、競う相手が違うのを彼は知らない。

「ま、今のところ天馬が優勢、不本意ながら後塵を拝しているが。俺、試合でもスロースターターでね。ここからの追い上げはすごいぞ？」

しゅっ、しゅっ、と。ジャンプシュートの素振りをする男。向こうに引くつもりがないのなら、ぶつかり合って雌雄を決するほかない。想定外の乱入者ではあるが、悲観するばかりではなかった。利用できるものは存分に利用させてもらおう。

そう、これこそプロデューサーたる天馬の狙い、その二。

「辰巳、これだけは言っておくけどな」

「だから、竜司で良いって。友達はみんな……」

「お前、この世で最も厄介な相手を敵に回したぜ」

負けるつもりはない、と。絶対の自信を抱いている天馬に、

「……へえ？　そんな顔もできたんだな、君」

面白くなってきたぜ、と。戦闘民族よろしく微笑んだ辰巳は、

「いいとも。どちらが彼女に相応しいか、勝負といこうじゃないか」

「望むところだ」

——ただし、勝つのは俺じゃない。

△

仁義なき、いや、おそらく何かしらの仁義はあるのだが、よくわからない代理戦争が勃発し

てしまった、翌日。

検閲を免れた新聞が新元号決定の号外がごとくバラまかれ、写真部による無駄に本格的な撮影会を経たポスターも掲示板に貼り出された。歴代一番くらいに盛り上がっていそうな選挙活動だったが、盛者必衰の理、陰りが落ちるのも早かった。

きっかけは、朝の登校時間帯。タスキをかけた候補者が校門に並び挨拶運動を行っていたのだが、「握手してください！」「写真良いですか？」「サインお願いします！」などなど、触れ合いイベントか何かと勘違いしたミーハーが殺到。

一人目を「いくらで？」の返しにより凍り付かせた凛華を除き、ファンサービス旺盛な辰巳と麗良は快く応じていたのだが、おかげで通行の妨げに。急遽、握手は三秒までという某アイドルグループもびっくりの制約が設けられたが、それでも待機列は捌けきらず。

同日、教職員の間で会議が開かれた結果、『来週の投票日まで選挙活動を禁じる』というお触れが発令。一かゼロしかないお役所仕事には不満も続出したが、だからといって一揆が起きるほどではなく。そもそも選挙が終わればすぐに中間テスト。学生にとっては非常にクリティカルな問題のため、大人しく勉強に集中するのが賢い大多数だった。

そうして、見かけ上は平穏を取り戻していた五月中旬の学校。

常人の二倍やって平均点を取るのがやっとな天馬も、数学の試験範囲の広さに頭を悩ませている今日この頃だったが。

「ハロハロ、やーしろくん」

「……おっ？」

反応するのに間ができる。休み時間の教室、麗良以外の女子から話しかけられる経験が少なすぎたため、それが自分に向けられたものだと思いもしなかったのだ。

板書を写し終えたノートから目を上げると、立っていたのは茶髪の女子。

ナチュラルなショートボブが今どきっぽくて好印象。ブレザーを脱いでシャツの袖をまくっているが、今日は大して暑くないのでもしかしたら基礎代謝が良いのかも。首から胸元にかけてもゆるゆるで、トータルの防御力は非常に低い。

「えーっと……ですね」

わざとらしい間の取り方で記憶をたどる天馬に「うんうん？」こちらもわざとらしく期待の眼差しを向けてくる少女。

クラス結成から一か月以上、さすがにその顔には見覚えがある。実際に話す機会こそなかったが、凜華の周りで何度かすれ違っている。つまりは軽音部のメンバーであり。

「……まやまや、さん？」

耳に馴染んでいた愛称を思わずそのまま口に出してしまった。一応、間違ってはいなかったのだろうが、ボブの彼女は体をくの字に曲げて吹き出してしまう。

「ぶはっ！　いきなりあだ名とか、見かけによらず距離感詰め詰めですなー」

「ご、ごめん！」

「いやいや、いいっての、なぜ謝る？」

「うっ、うっ……」

うめき声の理由は、なぜかバンバン背中を叩かれていたから。薄ら香ったのは制汗スプレーの匂い。自然なのか不自然なのかわからないボディタッチに、距離間詰め詰めなのは君の方だよと心の中でだけ反撃しておく。

「ちなみにフルネームは小山摩耶だから、好きに呼んでね」

「……じゃあ、小山さんで」

「ごめん、嘘つきました、絶対に下の名前で呼んでください！　で、で、こっちは矢代くんのこと『やしろん』って呼びたいんだけど、いいかな、いいよねー？」

「……どうぞ、ご自由に」

「やったー。最近はまってるVの人に、似た名前いるんだよね～。超、かっこいいの～」

「……Vって、ヴァーチャルの？」

「ノーノー、ヴィジュアル系の。ドラムがすっごく上手い人！　あ、うちもドラム担当ね」

と、エアで叩く振りをしてくれる摩耶だったが、スティックがないとただの不思議な踊りにしか見えなかった。心を癒やされたのでMPは逆に回復しそう。

一分足らずのやり取りにかかわらず、天馬は確信。彼女、陰と陽で分ければ完全に後者。

逆ナンという可能性はさすがにないだろうし、むやみに接触を続けると対消滅的な災いが発生しかねないので、早めに用件を聞いておこう。

「あー、もしかして……皇がどうかしたのかな？」

「うわお！　おりん関連でうちが話しかけたと、なぜわかったし！」

大げさに飛び退いた摩耶。説明不要かもしれないが、「おりん」とは凛華のニックネームである。もっとも、彼女以外でそれを使いこなしている人間は見たことない。

「もしやエスパーの人だったり？」

「それくらいしか接点ないし予想できるよね」

「ほーう、初歩的と申す？　令和のシャーロック・ホームズ爆誕」

顎のラインに指を添えた摩耶は口笛を鳴らす。いちいち動きがコミカルだった。

「ならばあれをご覧じれば、何事かを察するのではないのかね、名探偵よ？」

「あれって……おっ？」

摩耶が何を指しているのかは、すぐにわかった。そこには件の凛華。

休み時間は大概、複数人のグループを形成していることが多い彼女だったが、今は一人。机にかじりついて無心に筆を走らせている。見るからに異質だった。

凛華の信条を一文で表すなら、常にクールでスマートたれ——すんでのところで終電に駆け込んだとしても、決して呼吸を乱さないよう心がけているはずなのに。今の彼女にそんな優雅さは感じられず、むしろ締め切りに恐怖する新人作家並みに追い込まれていた。

拒絶のフィールドを展開中なのは火を見るより明らか。触らぬ神に祟りなし、彼女を中心に半径一メートルほどの不可侵領域が生まれているのだが、幸か不幸か、それさえも中和して容易く人の心に入り込んでしまえるのが碧眼の天使。

「あの〜、もしもし？」

「…………」

「凛華ちゃ〜ん？」

「…………ハッ⁉」

心配そうに話しかけてきたのが自分の想い人であると、ようやく気が付いた凛華は尋常じゃない勢いで立ち上がる。はじけ飛んだ椅子が後ろの机に衝突してガチャコーンと鳴ったが、席の主はすでに避難していたため大事には至らず。

「あら〜？　れ、麗良じゃない」

耳にかかった髪を払ういかにも芝居じみた動きで、平静を装う凛華は、

「どうかしたの？」

どうかしているのはお前の方だと、天馬からすれば一思いに言ってやりたくなるが、心優しき少女がその点を掘り下げるわけもない。

「お悩みのようですが、私でよろしければ相談に乗りましょうか？」

「お、お悩み？　何のことやら、私にはさっぱり」

「けど、その原稿ってもしや……」

「元寇⁉　ごめんなさい、私、日本史は専門外だから」

下手な聞き間違いで言い逃れるのは結構だが、机の上に広げた原稿用紙くらいはせめて隠せと思う天馬。底抜けに明るい摩耶ですらも引きつった苦笑いを浮かべるしかない。

「いやはや、参っちゃいますよね。昨日は部活に来てもずっと心ここに在らず、でさ」

「理由は聞いたの？」

「ムリムリムリッ！　教えてはくれんって。おりんは、うちらの大黒柱っつーか、母なる大地ってかさ、ビッグな存在で……あー、ごめん、語彙力。何言ってんのかサッパリだ」

「子供に苦労話は聞かせない、か」

「そうそれ！　マジでそれ！　ほら、ドラムって一番後ろで演奏するじゃん？　だからってわけじゃないけど、頼りがいのある母の背中には毎度、痺れちゃっててねー……」

ここまで持続していた摩耶のテンションが収まるほど、最後の部分には確かな感慨が込められていた。改めて凛華の偉大さを思い知る。

「そこで登場するのが、やしろんパパ！　知恵をお借りしたいなーと、思い立ったが吉日」

「君のお父さんになった覚えはない」

「ふっふっふ、見くびってもらっちゃあ困るぜ。おりんがちょいちょい、やしろんと逢ビッキーしてるの、うちは知ってるんだから。しっかり見ちゃってるんだからね～」

得意げに鼻の先を擦っている摩耶だが、そもそも最近はあまり隠していなかったし。逢引きは語弊しかないものの、仲が良いくらいには思われて当然か。

「……ま、あとで声かけてみるかな」

「おお、話が早くて助かるじゃん？」

「何に悩んでるのかは想像つくし」

「頼もしいお言葉！　えへへ、やしろんに相談して正解だったね。意外と良い人、的な？」

「悪人に見えてたのならショックだ」

「間違えました、予想通りにナイスガイです！　でもうちら、これが初のお喋りっしょ？　話しかけるとき何気に緊張、ドキがムネムネしちゃったり、なんだり」

「緊張の意味が俺の辞書とは違うみたい」

「あ、信じてないなぁ？　ほらほら、今もどっくんどくん。試しに触ってみぃ？」

両手をお椀の形にした摩耶は、自分の乳を下から持ち上げるジェスチャー。解釈はそれぞれに任せるが、健康的な大きさだと思った。

「はしたないからやめよう」

「おっ、デレデレしないとは、手ごわいね～。さっすが、常日頃からレイラ姫の爆乳に揉まれてるだけある……ってか、この場合は揉む方？」

「ノーコメントで」

「もしくはちっぱいにしか興味ない系？　おりんみたいな。あれはあれで希少価値よね」

「……皇ぃー！　なんか失礼なこと言われてるぞー！」

「バッカ！　ばらすんじゃないよ！　おりんのげんこつは痛いんだから！」

いつもとは少しだけ違う休み時間の風景に、天馬は思う。皆に優しいギャルってユニコーンとかと同類、空想上の生き物ではなかったんだな、と。

△

当然ながら、リアルな高校生活というものは非常に地味である。

巨人のうなじを削ったり、鬼の首を刎ねたり、闇を祓ったら夜の帳が下りたり。一つだけ掲載誌が違った気もするが、とにかく、少年漫画じみた見せ場が存在しないからこそ、我々は毎日をゆるゆる暮らしていられるわけだが。

この世は、二つの人種に分けられる。そういった地味な日々が根っから染み着いている凡庸なタイプと、逆にからっきし似合わない生まれついてのスタータイプ。前者が天馬であり、後者が凛華、あるいは麗良、もしくは辰巳。両者は決して交わらない……ように見えて、意外と頻繁にぶつかり合うことを、天馬は最近知った。

そう、どんなに警戒しても、事故は起きるのだから。

「ぷしゅぅ〜〜、ふぅ〜〜〜…………」

機関車だったら確実に白い煙を吹いている。胸から上をだらしなくテーブルに突っ伏した体勢が表すのは、明確なエネルギー切れ。帰ってきたウルトラマンが再び母星に帰るレベル（にわかの天馬は三分経ったらどうなるのかを知らない）。

「あ、あの〜……お客様？　ご注文の方は〜？」

「…………」

「あ、俺が。ドリンクバーを二つと……この、季節限定のレアチーズケーキを一つ」

「かしこまりました！　グラスとカップはあちらにご用意してありますので！」

お兄さんは丁寧に教えてくれるのだが、半死半生の女が反応を示すことはなく。申し訳なくなってくるので、あえて単価が高そうなデザートを注文しておいて正解だった。

授業が終わってすぐに訪れたのは、バイパス沿いのファミレス。客入りはまばら。天馬たちにとっては穴場的な立地のため、過去に何度か作戦会議で利用していた。見覚えのあるマダムたちがボックス席でお茶を飲んでいる。おそらく近場にお住まいなのだろう。

「おーい、起きろよー。寝こけてるとさすがに追い出されるぞー？」

持ってきたドリンク二人分をテーブルに置いたところで、むくりと顔を上げた凛華。

「……わかってるわよ」

グロッキー状態でも腹はしっかり空かせていたらしく、天馬が自分で食べるつもりで注文したケーキを引き寄せ、「これ、食べて良い？」すでにフォークを構えているので断るわけにもいかず。「どうぞ」と答えたら食い始めた。一口がでかい。

なんとなく、大型犬に「待て」のしつけをしているような気分。その中でも特に陽気で優しいゴールデンレトリバーを想像してしまい、天馬は吹き出す。いつもならどう考えてもドーベルマンなのに。しおらしさが良い方向に作用した結果だ。

「なにニヤニヤしてんの？」

「なんでもないって。好きなだけ食えよ」

「……ねえ、やっぱりこっちに座りなさいよ、あなた」

ソファ席の隣をポンポン叩いてスペースを主張する女。

「どうして？」

「むかつくときすぐにつねれるから」

「それを言われて応じるのは相当に上級者だよな……？」

やはりテーブル一つ挟んでいるくらいが、彼女との距離感にはちょうどいい。

「って、馬鹿な応酬をしている場合じゃなく」

「誰が馬鹿よ」

「お前に決まってんだろ。学校でのアレはなんなんだよ。周りに変な心配かけんなってでの」

「ま、周りって。麗良には上手く誤魔化して……」

「上手くねえし。俺が言ってるのはまやまやさんな」

「え、摩耶？」

最後の一口をアイスティーで流し込んだ凛華は目を丸くする。

「あなた、あの娘と面識あったんだっけ？」

「ないから驚いたぞ。全人類に優しいギャルって実在したんだな」

「あー、摩耶にはぴったりの名称だけど……万一、それで何かを勘違いしちゃったんなら、童貞くんご愁傷さまとしか言えないわね」

「するか！　童貞の警戒心、侮るなよ？」

「……警戒心じゃなくて病気よ、あなたの場合は」

「は？」

「なんでもない。すいませーん！　同じやつもう一つ！」

通りかかった先ほどの店員に、居酒屋みたいな注文を繰り出す女。筆箱サイズのお弁当を毎日食している世間の女子高生が見たら、戦慄するに違いない。しかし、むしろ今日は抑えているくらい。それでこんなに細いのだから、質量保存の法則もあてにならない。

「俺が言いたいのは、行き詰まってるならすぐに教えろって話だ」

「へえ。煮詰まるの間違いじゃなく？」

「……俺は国語の教師じゃねえ」

誤用がどうとか、不毛なやり取りはやめておこう。

何を話しているかといえば、生徒会の選挙についてだった。先日の騒動により表立った活動は禁止になったが、裏での地味な作業はもちろん続いており。

その中核を成すのが、応援演説の原稿作成。まずは推敲するたたき台として、凜華が一人で草案を書き上げる手筈になっていたのだが。

「丸一日の成果が、これか……」

天馬は嘆息。台詞だけ聞いたら「この程度しか書けなかったのかよ」という罵りに受け取られそうだが、テーブルには四百字詰め原稿用紙の山。大体、十枚ごとくらいにゼムクリップで留められている。それら一つずつが全て草案。

「さすがの椿木さんもドン引きしそうな量だな……」

「わかってるっての。だからあの娘には隠してるんじゃない」

賢明な判断だった。本人に見せる前に、もう少し絞っておいたほうが良いだろう。話自体は昼休みの時点で聞いており、ざっとだが目は通してある。

「で、お読みになった担当さまの率直な感想は？」

「プロデューサーの次は編集かよ……」

そこまでマルチな才能、天馬にはなく。完全に付け焼き刃、『応援演説　コツ　生徒会長』

とかでググっている人間なので、あまり多くを期待して欲しくはないのだが。最低限、第三者の視点くらいにはなれるはず。第一に感じたのは、

「よく書けていると思う。全体的に」

声に出したらどうなるかはわからないが、少なくとも文章の時点ではかなり読ませる。ワードセンスが良好で退屈しないというか、良い意味で普通じゃなく仕上がっていた。彼女にそういうイメージがなかった天馬は素直に舌を巻く。

「文才的なのもありそうだな、お前って」

「才能かは知らないけど、書くのは苦にならないわよ」

「あー…………うん」

と、天馬が今さら納得したのは、全てのきっかけ、彼女との出会いを思い出したから。あのとき読んだメルヘンポエム日記（勝手に命名）のショッキングさたるや、トラウマになってもおかしくないレベル。だからこそ無意識に記憶の隅へ追いやっていたのだろう。

閑話休題。逆に明らかなマイナスポイントとして映ったのは、

「ただ、どれも文字数が多すぎて、言いたいことが簡潔にまとまってない」

一応、規定で演説の時間は『五分程度』と定められている。読むスピードにもよるが文字数なら大体千五百字くらい、原稿用紙で四枚ほどにまとめる必要があった。普通なら「そんなに喋ることねーよ」という文句が出てきそうなのだが。

「そもそも短すぎなーい!?　五分程度であの娘の魅力を語り尽くせるわけないでしょ！」

「……嫁自慢の大会ではないんだぞ？」

真逆の不満を述べているのが凛華だった。つまり、世間に訴えたい内容が多すぎる。

一般的には嬉しい悲鳴に分類されるのだろうが、彼女の場合は歪んだ情欲がその原動力になっており、一歩間違えば危険な匂い。

そこはかとない天馬の不安は、気のせいではなかったようで。

「っていうか、たくさん書いてるうちにだんだん思ったんだけど……本当に大丈夫、これ？」

凛華の表情がみるみる曇っていき、ハイライトが塗りつぶされた虚ろな瞳に変わる。

「大丈夫って、何が？」

「だって、私以上に麗良の魅力を知っている人間なんてこの世にいないわけでしょ。私だけが知っている麗良がそこにはいるわけでしょ。それを公衆の面前で語っちゃって……」

「うん……皇、それ以上は……」

「シンプルに何やってんだって話。今の時点でもあの娘は相当の愛されキャラなのに、それをさらに助長するような真似をしちゃって。愚の骨頂もとい愚に直行、自ら首を絞めてるに等しいでしょ。理解できる？　あの娘の可愛さも美しさもエロさも全て私だけが知っていれば良いんだから、私専属の生徒会長に永久就職してくれさえすれば、世界は愛に満たされる——」

「考えるのやめようかッ!?」

恋と病は紙一重。危うく独占欲の闇に引きずり込まれそうだったのでストップをかけた。話題を変える……のは難しそうだから、せめてもう少し明るい方向へシフトさせよう。

「で、でも、すごいと思うぞ、純粋に！　いくら幼なじみでも、普通こんな量のエピソードは出てこない。本当にお前は一番、椿木さんの良さを理解してるんだなーって」

「ゴマすってもウザいだけよ」

「いや、媚びるとかじゃなく、本音で。これ読んでたらなんか、俺もますます椿木さんを好きになったというか……って、わっ、すまん！　そういうの嫌だったんだよな？」

完全にやぶ蛇だった。しかし、目の前の女が再び闇に飲まれる様子はなく、もごもご口の中で空気を咀嚼してから、ぽつりとこぼした一言は。

「……矢代は、許す」

「はい？」

「もう！　私が馬鹿だったから、今の話は忘れて構いません！　っていうかケーキまだー!?」

何かを誤魔化すように、厨房の方に視線を投げてしまった凛華。感情の振り幅が行方不明だったが、瞳にはしっかり光が戻っていたので、とりあえず喜んでおこう。

「ま、まあ、とにかく。差し当たりは、たたき台になる一通があれば良いからな。たとえばこれなんかどうだ？」

読んだ中でも特に完成度が高かった一つをピックアップ。筆跡が一番綺麗だったので、おそらく本人としてもこれが清書のつもりだったのだろう。

「あー、それね。確かに良いかもしんない…………けど、けどっ！」

「どした？」

「あの辰巳竜司を完膚なきまでに叩き潰すには、この程度じゃまだまだ……！　最低でもダブルスコア以上の差はつけて吠え面かかせてやるんだから、もっと高みを目指さなきゃ、ね？」

「お、おう……」

ふふふ、と。凛華からは不敵すぎる笑い。辰巳相手にきちんと対抗心を燃やしてくれている証拠だ。むしろ燃やしすぎの気もするが、乗り掛かった船、今さら後戻りはできない。

「そうだわ！　ツバキニウムを満タンに補給すれば、もっと良い原稿が書けるはず！」

「あー……ツバキニウム？　前は確か、椿木オイルだったよな。統一してくれる？」

ツッコミを入れる部分を盛大に間違えた。そもそもどういう成分なんだ、それ。

「オイルは何気ない会話でも簡単に補給されるの。点数的には3点くらい。ニウムはもう少し上位の概念で、身体的接触を伴うパターンが多いの。点数的には5点くらい」

「使い分けてたのかよ。恐れ入ったよ」

つまり、身体的接触を伴うような上位の麗良成分を、今の凛華は欲している、と。

それは天馬としてもやぶさかではなかった。ただ遊びに行ったりするだけではなく、もう一段階ステップアップ、二人が急接近するようなイベントを発生させたいと、かねてから思っていた。外で会うのは割ともう普通。ならば必然、次に思い浮かべるのは……

「よーし。わかった、任せろ」

手早くスマホを操作した天馬は、麗良にメッセージを送る。返信はすぐに来た。まだ学校に残っているらしいので、善は急げ、伝票を持って立ち上がる。

「行くぞ、皇」

「え、どこに？」

「補給したいんだろ、ツバキニウム。俺についてこい」

プロは多くを語らず。最大限かっこつけたつもりでいる天馬の背中に向けて、

「ちょ……二個目のレアチーズケーキ、まだ来てないんですけど！」

凛華は悲しそうに叫ぶのだった。

「ああ～、季節限定だったのにぃ～……ばかっ」

「一個は食っただろ」

「足りるわけないでしょ。ケーキバイキングなら一列は食い尽くすのよ、私」

「……三十過ぎたら絶対やばいぞ、お前」

ぶうぶう文句を垂れる女をいなしつつ、学校にとんぼ返りしていた天馬。

やってきたのは、体育館の隣に設置されている武道場。乱取り中の柔道部を横目に奥へ進むと、開けたスペースが設けられている。

壁を一面だけ取り払った開放的な空間にはどこか厳かな雰囲気が漂い、ときおりパアンという小気味い音に「よぉーし」という掛け声が続く。無論、道着を着ている生徒ばかり。

浮いている自覚はあったので、早めに目的を済ませよう。目当ての人物はすぐに発見。弓を持った部員に囲まれていた麗良は、天馬たちに気が付くと輪を抜け出す。

「すみません、わざわざご足労いただいて」

駆け寄ってきた彼女は申し訳なさそうに両手を合わせる。明らかにお邪魔しているのはこちらなので、天馬は千切れんばかりに首を振るしかなかった。

「大変だね。今日は弓道部のお手伝い……というかご指導？」

麗良自身は無所属なのだが、多方面から頻繁に助っ人を頼まれているのは有名な話。

「はい。実は弓道部って今年、三年生が一人もいらっしゃらないんですね。新入部員は未経験の子がほとんどで苦労なさっているようなので、微力ながらお力添えを」

「へぇ～。経験者なんだ、椿木さん」

「かじった程度ですけど。一応、中学の頃に習っていました」

百パー謙遜、かじった程度でこの風格は出まい。目の前にたたずむのは弓道着姿の麗良。白い上衣と黒い袴の和風なコントラストに、はいからな金髪が加わることで謎の強者感。洋装とはまた違った鮮麗さを感じたのは、天馬だけではなかったらしく。

「……アリね」

ぼそりと感想を漏らした凛華の目は、まるでカンナの刃の出具合を見る職人。単純明快な一言に全てが凝縮されていた。アリだな、と内心で同意する一方、天馬にはどうしても気になることも。昔、床屋さんの待時間で読んだコメディ漫画のワンシーン——スタイル抜群の女性が和弓を引いて放したら、弦がとある部分に直撃して大惨事。悶え苦しんでいたそのキャラクターは奇遇にも名前が麗良と一字違いだった。

同様の危険性を孕んでいるのではないかと思い、失礼は承知で確認したところ。いつもなら膨らんでいるはずの該当部分は、胸当てによってしっかり封じ込められていた。安堵しつつ、胸当てごときであの凸を隠せる事実にひっそり驚いていたりもする。

「あ、さらしも巻いてますよ。体幹が鍛えられますね、これ」

「なるほど……………え、え。え？　え!?」

「気になっていそうでしたので。違いましたか？」

「違いませんけど、スイマセンッ!!」

「これだからムッツリは……」

呆れたように眇める凛華。そろそろ自覚してきたが、天馬はかなり顔に出やすいタイプらしい。時と場合によっては視線だけでも痴漢扱いされる世の中なので、気を付けよう。

「そ、それでね！　さっきメッセージ送った通り、応援演説の原稿なんだけど……」

「あ、そうでした。やっぱり苦戦していたんですね、もお、言ってくれれば良かったのに」

「……苦戦ってほどじゃ、ない」

ぷんぷんモードの麗良に対して、腕組みでそっぽを向くのは凛華。強がりにしか思えない言動だが、草稿自体は出来上がっているため、あながち嘘つきでもない。

「できれば私も一緒に考えたいんですが……」

「わかってる。今日は無理そうだよね」

「実は来週も、同じように何件かお手伝いの依頼をされており」

「放課後は埋まっているわけだ」

誰からも頼りにされるのは、間違いなく麗良の素晴らしい才能の一つだったが、さすがに体がいくつあっても足りなそう。有り余る天馬の時間を分けてやりたくなった。

「ちなみになんだけど……椿木さん、明日って暇？」

翌日は土曜、補講もなし、つまりは休日のスケジュール確認だった。

「はい、ちょうど空いているんですよね。だから凛華ちゃんが良ければ、一度学校にでも集まって打ち合わせしようかなー、と。どうです？」

「……休みの日にまで登校とか、だるい」

ため息混じりに黒髪をかきあげた凛華。難色を示す兆候に思えるが、彼女の生態をしっかり学んでいる天馬は、それを演技と見抜ける。いったん否定するのは布石。キャラ作り有段者の彼女が目指す理想は、渋々ながらも承諾するという迂遠な流れ。

「駄目ですか？　お願いします」

「んー。どうしよっかな」

「たまには良くないです、ね？」

「………まあ、そこまで言うんなら」

案の定、数秒後には承諾に転じる。変わり身が割と早かったのはきっと、ウキウキを抑えきれなかったから。なにせ麗良との共同作業だ。嫌がるどころかどんと来いに決まっており、貼り付いたポーカーフェイスの下で涎を垂らしているのが天馬にはわかる。

もはやこの流れも最近はお約束になりつつあったが、

「あー……ちょっといいかな。提案なんだけど」

本日、そこへ天馬は一石を投じる。現状維持は退歩に等しい。これくらいで満足しているようでは、恋も選挙も辰巳には勝てないのだから。

「矢代くん、どうしました？」

「その打ち合わせ、学校じゃなくて、どっちかの家でやってみたら？」

「——ッ⁉」

と、その瞬間、凛華の目の色が変わる。黒と白だけで極彩色を描くような。声にならない悲鳴を上げているのは容易にわかったが、あえて見ないふりをしておく。

「私か凛華ちゃんの、って意味ですか？」

「そうそう。その方がリラックスできるし、作業も捗ると思うんだよね。ほら、応援演説の原稿でしょ？　二人の昔のエピソードにも関わってくるし、アルバムでもめくりながら、ゆっくりネタを出し合ってさ」

　ファミレスから学校に戻るまでの短い道のり、即興で考えた割には上出来のそれらしい理由付けを、講釈師みたいにペラペラ語る天馬。一方で、

「ちょ、ちょ、ちょ、ちょ、ちょ……」

　普段のクールぶりが嘘のよう。あたふた両腕を上下させる凛華は、文字通り手をこまねくだけ。この場面では天馬の提案をむやみに却下する方が不自然。撥ね付けるならば相応の理由が必要になるわけだが、それを彼女が思いつくよりも早く。

「あー、確かに！」

　ぽんと可愛らしく手を叩いた少女は、天啓を得たがごとく痛快無比。

「盲点でしたね。思い出を振り返ったら、良いアイデアが生まれるかも！」

　すでに麗良の中では答えが出ており、こうなってしまった彼女の押しが凄まじいのを知っている天馬は、しめしめとほくそ笑む。ホームズではなくモリアーティ教授になった気分。自ら手を下す必要はない。あとはあの天使に任せるだけ。

「凛華ちゃんもそう思いません？」

話を振られた凛華は、「えへぇっ!?」どこをどう使ったらそんな音が出るんだという、素っ頓狂な声。弱い。弱すぎる。不測の事態をこの世で最も嫌うとは本人談。

「おうちでじっくり。良い案ですよね」

「あ、いや、え、だめ、駄目だって、ダメダメ！　だめー！　駄目なのっ！　DA・ME！」

一丁前に文字数だけは稼いでいるものの内容はさっぱり。小学生の読書感想文よりもひどい言い分に、「どうしてです？」純粋無垢な宝石の瞳で見返す麗良。

「さっき、学校でやるのはオッケーしましたから。予定はないんですよね？」

「あ、いう……」

「だったら場所が変わるだけじゃないですか。何か問題あります？」

「え、おあ……」

決してノーとは言わせない。もの凄い外堀の埋め方をしてくる少女に、凛華は母音以外の言語を喪失。本人には悪いが、かなり面白く仕上がっていた。口元を手で覆って笑いを必死に堪える天馬に気が付いたのか、「ぐっ」悔しげに唇を噛んだ女は、

「わ、私の部屋！　散らかってるから――――!!」

伝家の宝刀とばかりに言い放った。しかし、それは自縄自縛の罠。

「でしたら、決まりですね」

「え？」

「場所は私のおうちです」

「ハァ⁉」

自分がいかに愚かな発言をしたのか、直後に悟る凛華だったが時すでに遅し。

「それにしても、久しぶりですね！　凛華ちゃんが私の家に遊びに来るの。いつ以来でしょうか……小学生ぶり？　あの頃はよく二人で……」

ごく自然に凛華の手を取った麗良は、ぴょんぴょん飛び跳ねて喜びを表現。

伝わってくるのは、親友との触れ合いから生じる素朴な幸せ。一見すれば殿上人のような彼女も、この瞬間だけはどこにでもいる普通の女の子に戻っていた。

それを前にしても冷徹に拒否を貫くのは、鬼や悪魔にさえ不可能な所業。

「良いですよね、凛華ちゃん？」

「………わ、かった、わよ……」

真っ赤な顔をしながら、凛華も彼女の手を握り返す。そのときに見えた眩しい光。二人の間に瞬いた一等星を、天馬はおそらく生涯忘れはしないのだろう。

幸福の種は、蒔かれた。あとは開花を待つだけ。役目を終えた男は、背中を向けてクールに去っていく。去ろうとしている、はずだったのだが。

にゅるりと伸びてきた指に首根っこをつかまれ、「ぼえっ！」思わずえずいた。せっかくか

っこつけていたのに台無し。てめえなにしやがると口汚く罵ろうとしたら、

「こいつも一緒にね！」

「……は？」

何を言い出した、この女。聞き違いであってくれ。天馬の祈りを粉砕するように、

「矢代と二人でお邪魔するわ！」

「はぁん⁉」

凛華はがっしり肩をつかんでくる。逃がさないという鋼の意志表示だった。

「ど、どうして俺が？」

「推薦人なんだから三位一体でしょ」

「名前だけで大した役割はないんだよ！」

「つべこべ言わずに来ればいいの。にぎやかしくらいにはなるでしょ？」

「いや、いやいや、いやいやいやいやいや、いやいやいやいやいやいや！」

「そ、そーだ、思い出した！　土曜は七時半に空手の稽古があるんだ、付き合えない！」

行くわけねーだろアホンダラ、とか。住人を前にして叫ぶのは角が立ちまくるため、

「明日は休みなさい」

なぜだろう、言う前からそう命令されるのがわかった。焦りまくる凛華をさんざっぱらこき下ろしたくせに、蓋を開けてみれば天馬も同類、もしくはそれ以下のクオリティ。

「矢代くんも、ですか……？」

と、その提案は麗良からしても想定外だったのだろう。つぶらな瞳でパチパチ瞬きしたあとに、なぜかぽっと頬を赤らめ、軟体動物みたいにクネクネ身をよじらせ始める。

「あはは、それは……えっ、いや……でも、えぇ～？　えぇ～？　もう？」

麗良は、笑っていた。どういう感情かは把握できないが、少なくとも二つ返事ではない。天馬を家に招くことに抵抗を覚えている。当たり前だ。たかだか一か月前に知り合っただけの友人で、しかも異性。そこに付け込めば上手く難を逃れられると確信した天馬は、

「ほら、皇が変なこと言うから、椿木さん困ってるぞ！」

「あ、いえ！　困る、というほどでは。ただ少し、心の準備……」

「大丈夫だよ、わかってるから！　俺が家に来るだなんてそりゃ、嫌に決まってるよねー？」

「…………」

気にしないで、俺は気にしないから、という心の広さを最大限にアピールしたつもりだったのだが。これがまさかの大悪手。

麗良の変人なスイッチ、ではなく変なスイッチに触れてしまったらしく。

「問題ありません！　いらしてください！」

「へっ？」

「今日は帰ってから部屋のお掃除、頑張りますので！」

「頑張らなくてもいいんだけど〜⁉」

むん、むん！　と、謎の掛け声を発する麗良はやる気満々。こうなった彼女を止めるのはきっと、神や仏にも不可能な所業であり。

「それでは明日、私の家に集合で！　雨天決行のこと、よろしくお願い致します！」

おそらく雨どころか槍が降っても中止にはならないのだろう。

ひどい逆転負け。ボランチの天馬としては最高のアシストパス、美しい放物線のクロスを上げたつもりでいたのに。それを帳消しにするオウンゴールを決めてくれたのがフォワードの凛華。試合後ネットで滅茶苦茶叩かれて炎上するのだ。どうしてこうなった。

ある意味、絶好のタイミング。完全無比に打ちひしがれる青白い気色の男を、あざ笑うかのように響いたのは弓道部の元気な声。

「よぉーし！」

よぉーし、ではない。


いかに高ぶっていようとも理性のブレーキが働いてくれるのは、たぶん人間の神秘。

お互い貝のように口を閉ざして無言。相手の顔を見ることもなく弓道場をあとにする。昇降口に回り込んで靴を履き、練習中の野球部やサッカー部の間をずんずん歩いていき。

ほどなくして糸がプッツン切れたのは、校門を抜けて公道に出てから。

「てめぇどういうつもりだぁー!?」

「あんたなに考えてんのよぉー!?」

叫んだのはほぼ同時。そこで初めて凛華の顔を確認した天馬は、彼女が茹で上がったように上気していること、耳から蒸気さえ吹き出しそうになっていることを知る。鏡はないが自分も似たり寄ったりの顔をしているのだろう。

「人の厚意を水の泡にするプロかお前は!!」

「ハァ、えっ、ハァ？　まさか今、厚意って言ったの!?　あんた気は確か!?」

「たりめえだ！　せっかく椿木さんの家で、しかも俺抜きで遊べるチャンスを……」

「今回ばかりは独断専行が過ぎるわよ、馬鹿矢代！　あの娘の家に行きたいだなんて私がいつ頼んだの!?　大体、そういう作戦は前もって相談、本人の許可を取るのが鉄則……」

「相談したら許可したのか？」

「……善処しました」

「嘘つけ！　どうせグダグダ文句言って『もうマヂ無理ぃぴえん……』ってなっただろ！」

「それ私の真似してるつもりならぶっ飛ばすからねぇー!!」

五月の長閑な陽気に包まれる中、全然穏やかじゃない口論を繰り広げる男と女。犬も食わないという慣用句の使用例として辞書に載せてくれても構わない。

道のど真ん中で顔を突き合わせる両者だったが、下校するにも退社するにも中途半端な時間帯のため、人通りは少なく。幸い往来の邪魔になるようなことはなかった。

下劣な罵り合いはもうしばらく続いたのだが、だんだん言語野を浸食されてきたのか、後半はほとんど「てめえ！」と「あんた！」しか言っていなかったので割愛。

共に肩を上下させる二人は、「はぁ、はぁ、はぁ……」あるいは「ぜぇ、ぜぇ、ぜぇ……」とか、似たような息切れの音を漏らす。何をやっているのだろう。カラスが「クワァー！」と鳴き声を上げ、まんま笑われているような気分になってきたため。

「……大声出して、悪い」

「……ごめん、私も」

マラソンでゴールしたあと、冷えた汗がまとわりついてくるような。過剰に熱していた分、冷めるのもあっという間だった。そもそも天馬と凛華は敵同士ではない。内輪揉めによりあっさり滅んだ戦国大名は数知れず。賢い我々は歴史から学びを得る。

「建設的な話をしようぜ」

「同感ね」

「またどっかで飯でも食う？」

「んー……とりあえず歩きながら決めましょう」

「了解」

ふわっとした会話だったが、歩き出す方向は違わず。肝心なところは外さない。深い部分ではズレていない。たとえ完全に通じ合えていなくても、それだけで十分嬉しかった。

「はぁ～……明日、どうしよー」

虚空を見つめながら呟いた凛華は、真面目に思い悩んでいる様子。天馬は良かれと思ってイベントをセッティングしたわけだが、当の本人から喜ぶ気配は感じられず。

「別に、行くのは初めてじゃないんだろ？」

何か不義理を働いたわけでもなかろうに。思い詰める理由がわからなかった。

「そりゃあ昔はよく行ってたけど……最後は小学校の卒業式の日とかじゃない？」

「要するに四年ちょいだろ。言うほど経ってない」

「言うほどよ。中学入る前なんてあの娘はぺったんこ、余裕でノーブラだったからね？」

「時の流れを胸の成長で表現されても……」

いまいち感覚がつかめないし、その理論で言うなら凛華は完全にタイムリープしている。

「見ての通り、私だって当時に比べたらかなり大きくなってるし」

「…………あ、身長ね」

「なんで間があったのかは聞かないけど、とにかく、成長期の四年間はやばいの！」

「成長期、か。確かにな」

背が高くなったとか、わかりやすい体の成長にとどまらず。変化するのは見えない部分、心も同じ。年を重ねるごとに望まなくても大人に近付いていくのが人間だ。

「……私、ときどき怖くなるの」

小さくこぼした声は、微かに震えていた。天馬はそこでようやく、彼女が抱いているのが漠然とした不安や緊張ではなかったことを知る。

「この四年間はたぶん、私の人生にとっては空白のページみたいなもの。麗良との関係が何も進展していないって意味ではね」

「……」

「わかっていてそういう道を選んだの。あの娘を好きっていう自分の気持ちには、とっくに気付いていたから。それがおかしな感情だってことも、痛いくらいにね」

吐露する凜華の横顔は、どこまでも凜然としており。同情とか憐憫とか、天馬の中で生まれかけていたそういう感覚を、まとめて撥ね退けてしまう。

「近付きすぎると不意に、タガが外れちゃって。あの娘を傷付けてしまうんじゃないかって……それが何より、怖かったから」

つまり、自ら進んで距離を置いていたのか。そんな思いを抱えてずっと。

それは苦渋の選択だったに決まっている。心の中で一番強大な『好き』という感情を押し殺して。人生で最も多感な時期を過ごすのは、どれだけ苦しかったのだろう。

——おかしな感情なんかじゃない。

本音では今すぐ言ってやりたかった。全力で凛華という存在を肯定してやりたかった。許されるのなら、力一杯に抱きしめてやりたいくらいだったけど。そんな表面上の慰めがどれだけ無力かを天馬は知っていたから。

「なら、これからはたくさん描かないといけないな」

「描く?」

「絵日記。空白のページばっかりじゃ提出できないだろ。今までの分もまとめてさ」

「……なによ、それ」

呆れたように呟いた凛華は薄ら目尻を下げていた。繊細で自然な微笑み。笑わせるつもりは微塵もなかったのだが、彼女のそれにどれだけ価値があるのかを知っている天馬は、人知れず満足していた。

「ま、明日もその一ページってわけだな。張り切って行こうぜ」

同時に謎の高揚感、モチベーションの急激な上昇を感知していたので、柄にもなく拳を突き上げたりして。一人勝手に盛り上がっているのだが。

「……張り、切る」

「いわゆるキャッキャウフフ、だったか。存分に補給できると思うぞ、ツバキニウム」

「麗良の、部屋で……新しい、一ページ」

「うん?　あの……」

凛華の顔色は芳しくない。いや、明らかに普通じゃなかった。果たして何を引き金にしたのだろう。どこを見ているのかも定かではない双眸が怪しく光り、般若のごとく吊り上がった口角が白い歯を覗かせる。不審者率マックス、警察に見られたら職質不可避。

「大人の……階段……上る」

「すめ、らぎ、さん？」

じゅるるるっ！　涎をすする音が精神的嫌悪感を煽り。かと思えば突然「ぐふぅ！」狭心症の発作に見舞われたように、胸を押さえて屈み込んでしまう凛華。

「だ、駄目ぇ……も、もう、抑えられないぃ」

「どしたー！　心臓痛いのかー!?」

「や、やっぱり、麗良の家には行けないわ、私。だって、だって、だってぇ……！　あの娘の部屋に入ったら……入ったりしたら、私っ！」

真面目に１１９番の事案かと思いダイヤル発信を準備する天馬は、

「――どれだけキモい行動に出るか、わからなぁぁぁぁぁぁぁぁぁい!!」

「……は？」

直後にスマホを落としかける。ぷはあ、ひゅう、ひゅう、ひゅう、と。肩で大仰に息をして見せる凛華は、素潜りから上がったばかりのような酸欠状態。

「今……試しに、想像してみたの。麗良の部屋に入った瞬間の私を。そしたら……ねえ、どうなったと思う？」

「ど、どうって、お前……」

　己の中に巣くうモンスターが憎いとでも言いたげに、わなわな全身を震わせている女。いったいどれほどの爆弾発言が飛び出すのか、身構える天馬だったが。

「べ、ベッドにダイブして、ま、枕の匂いを、嗅いでいたわ……！」

「中学生の妄想⁉」

　まだまだ可愛いレベルでずっこける。一見すると経験豊富そうな彼女だが、単なる耳年増、妄想のスペシャリストにすぎないのを忘れてはならない。

「ただ嗅ぐんじゃないの！　顔面を埋めてぐりぐり〜って……」

「……いっそ、嗅げ。嗅いでしまえ！　たぶん椿木さん笑ってくれるから」

「簡単に言わないで！　この見てくれの女がそんな暴挙に出たら気持ち悪いでしょ！」

「誰がやっても気持ち悪いが？」

「余計駄目じゃない！」

　あぁーん！　と頭を抱える凜華。一般的には絶望を表現するそのポーズに、しかし、天馬は最大限訝る。あたかも嫌がっている風だが、

　――こいつ、実は思い切り楽しみにしていないか？

　それもそのはず。空白の四年間はつまり禁欲の生活に等しい。接触を極力避け、満たされな

い情欲はポエムの執筆や、百合小説の読破によって疑似的に満たす。そんな抑圧された生き方を何年も続けていれば、多少は拗らせてもやむを得ない。

「や、矢代。一つ、お願いがあるの。こんなこと、あなたにしか頼めないわ」

「……なんだ？」

「もしも……もしも、だよ？　私があの娘の前で、気持ち悪い行動を取りそうになったら」

ごくりと生唾を飲み込んだ凛華は、透き通った黒真珠の瞳で訴えかけてくる。

「全力で、止めて欲しいの。お願い」

なんだろう。この台詞、絶妙に惜しい。ジャンルや設定によっては超大作になりそう。

たとえば、吸血鬼に咬まれて自分も化け物になりかけているヒロインが、「もしも私が人を襲いそうになったら全力で止めてね」と主人公に頼むシーン。一秒で考えた割には泣ける。

しかし、悲しいかな。目の前の女は外見だけならヒロインに相応しいが、抑え込んでいるのは吸血衝動ではなく、親友へのシンプルかつ変態的な恋愛感情。

「それで、もう一つ、こっちの方が重要なの。もしも止められず、まかり間違って、私があの娘の前で気持ち悪い行動に出てしまったら、そのときは……！」

「皇、お前、まさか……」

——いっそ一思いに、あなたの手で私を殺してちょうだい。

完全に感動スペクタクル巨編のモードに入っている天馬は、主人公らしい返しを想定。熱血系なら「馬鹿なこと言うな！」だったり、斜に構えたダークヒーローなら「望み通りにしてやるよ」だったり、複数の台詞を用意していたのだが。

「あなた、それを超えるもっと気持ち悪い行動を取って、私の印象を上書きしてちょうだい」

ヒロイン役は脚本通りにストーリーを進めてくれない。

馬鹿なこと言うな、はそのまま使えたかもしれないけれど、最適な返答が別にあった。

「断る」

「なんで！」

「発想がおかしい。上書きってなんだ？　メンインブラックか？　できねえよ！」

「できる！　前に立ち読みした精神医学の本でね、記憶は簡単に上書きされるものだから、職場の友人や上司に少しくらい誤解されても落ち込まないでって、書いてあったもん！」

最後の「もん！」だけはやけに語気を強めてきた。

立ち読み程度で何を偉そうに、とは真っ先に思ったことだが、医学的な論拠を出されてしまった以上は、問答無用で突っぱねるわけにもいかず。

「もっと気持ち悪い行動って、その『もっと』の基準が不明瞭なんだが……ちなみに、さっきの枕の匂いを嗅ぐパターンだと、俺が何をすれば上書きされる計算なんだ？」

「え、ああ、そうねぇ……」

ご大層にも顎に手を添えるポージングで、宙を見つめた凛華は。

「パンツを頭に被る、とか」

「…………」

「あ、さすがに洗ったあとのやつね」

「……確かに上書きされそうだけど、俺は社会的に死ぬよな？」

「その点は、ほら、さらに記憶を上書きすれば解決よ」

「へーえ。で、俺のための人柱はどこ？」

「知らないわよ。自分で探しなさい」

「よーし、わかった。お前、明日は一日、自分の家で大人しくしてろ」

「はぁ？」

「椿木さんの家には俺一人で行くから。原稿だけこっちに寄こせ、な？」

「ふざけんじゃないわよ！　イヤ！　行くわ！　絶対に行くからねぇ！」

「さっきまで『怖いのぉ～』とかほざいて乗り気じゃなかっただろ！」

「それは高度な心理戦……ではなく、とにかく！　行くからね、私、行きますから、何があっても、行く！　行く！　行く！　行くぅ！　ぜ…………ったい！　行くんだから！」

「年頃のＪＫがイクイク連呼すんな！」

　行きたがる女と、行かせまいとする男。下世話な罵り合いに呆れ果てたのか、電線に止まっていたカラスも一羽残らず逃げていってしまった。目の前の女を抱きしめたいとか思っていた数分前のアホな自分に、特大の喝を入れる天馬。

今回の仕事はつまり、境界線の作成。気持ち悪くなるかならないかギリギリのラインで、いかに二人の美少女を濃厚に接触させるか。

前途多難。だからこそやりがいを感じていた。搾取される心配はない。成果と報酬がイコールだから。天馬はただ、その先の景色を見たいだけなのだ。

「……やってやろうじゃねえか、たくっ」

「え、変態になる覚悟、できた？」

「逆だ」

パンツを被る羽目にならぬよう、心してかからなければいけない。

△

決戦当日は、天馬の心に渦巻く暗雲を象徴するような曇り空だった。

前夜は遅くまで凛華のメッセージ攻撃、もとい作戦会議に付き合わされていたため、ノイローゼ気味だった。例によって着ていく服まで詳細に指定されていたが、今回に限っては願ったり叶ったり。ぶっちゃけると異性の友人宅を訪問するなんて人生初。それだけでも未知との遭遇に等しく、親御さんに対面する可能性も加味すれば、もはや遊星からの物体X。

天馬も人並みに緊張しており、ＴＰＯを弁えた服装選びに苦心していたが、その点は凛華の指示に従っておけばハズレはない。無駄にファッションセンスは高い女だから。

「……まだ来てない、か」

時刻は午後一時、集合場所はいつもの駅前。

陸橋の下にあるバスロータリー近くで待つこと数分。エスカレーターを下りてくる人の中に黒髪ロングの女を発見。手を上げると天馬に気が付き寄ってきた。

「随分お待たせしちゃった感じ？」

「四、五分かな」

「なら良かった。次のバスに乗りましょうか」

どうせすぐに来そうだったので時刻表は確認せず。他にすることもないので本日の凛華のコーディネートをチェック。薄地のノーカラージャケットに清潔感のあるブラウス、黒いスラックスという簡素な構成。いつも通りのパンツスタイルに見えるが、下がデニムではない辺りフォーマル感を意識していそう。

と、そんな些細な違いは正直どうでもよく。明らかに普段とは異なる箇所が一点あり。

「……なんだ、その荷物？」

「え。ああ、これ？」

凛華が引くのはシルバーのキャリーバッグ。海外帰りのセレブみたいなサイズだった。

外出時の彼女は基本的に軽装が多く、場所によっては手ぶらのときさえあったので、重装備にはただでさえ首を傾げたくなるし。今日はキャンプでもバーベキューでもない、完全なインドア作業のため、なおさら大荷物の意味はわからない。

「まあ、お泊まりセットもろもろ一式入れてあるから、これくらいの量にはなるわよね」

「はい？」

コンコン、と。硬質のバッグを手の甲で叩いた凛華は、

「着替えは、下着と寝間着と明日の日中分。化粧品に洗面用具に歯ブラシ、一応バスタオルとシャンプー、ボディソープ、コンディショナーも。他に充電器だったり、スリッパとか……」

「待て、待て、待てっ！」

遠足のしおりにチェックを入れるかのように、指折り数えられてしまい。血の気が引いていくのを天馬は感じた。致命的な認識の齟齬。話が通じない相手。不可解な現象。不思議の国のアリスが昔から怖くて仕方なかったのはたぶん、そういう理由。

「ん、なに？」

「す、皇。落ち着いて、聞いて欲しいんだが……」

しかし、白い薔薇を赤いペンキで塗り潰すつもりは毛頭ない天馬は、恐れながらも女王陛下に向かって現実を口にする。

「きょ、今日の打ち合わせ……泊まり込みでは、ないんだぞ？」

首を刎ねられる覚悟の諫言だった。自分は間違っていないと必死に言い聞かせる。

「は？　馬鹿じゃないの。わかってるわよ、そんなことは」

「だ、だよな～！　焦った焦った」

「これはあくまで、万が一のパターンを想定しての準備ってわけよ」

「万が、一？」

ふふん、と凛華は鼻を鳴らして、ない胸を目一杯に張ったドヤ顔。彼女の見せる感動的なまでにアホっぽいその仕草が、終わりの始まりだというのを天馬は学んでいたから。先んじて心を強く持つ。精神が汚染されるのを未然に防いでいた。

「ほら、打ち合わせが予想以上に盛り上がって、長引いちゃって、夜遅くまで食い込む可能性もゼロじゃないでしょ？　その流れで『どうせなら泊まっていきますか？』ってね」

「……はぁ」

「終電なくなっちゃったね、的な。これからどうする？　的な。今夜は帰したくない、的な」

「……へぇ」

「迎えた就寝時間。麗良の部屋。ベッドはもちろん一つだけ。私も初めはソファとか、床に布団を敷いて寝ているんだけど、魔法が解ける深夜零時、あの娘が小さな声で言ってくるわけ、『良かったら、こっちに来ませんか？』『え、でも……』『ほら隣、空いてますよ？』」

「…………………」

お前の中の椿木さんそんな声なのかよ、と言いたくなるハイトーンボイスを交えての実演。一人二役、観客一名。腐った妄想の垂れ流しを、天馬は右から左に聞き流す。

セルフメンタルヘルスを実施すること、約一分。

「きゃあ～、もお！　きゃあ～、最高じゃな～い？」

両手を顔の下に持ってくるぶりっ子ポーズで、体をゆらゆら揺らしている女。天馬は深淵よりも暗い、この世の闇を覗き込んだ気分だった。目の前にいるのは重篤な患者。投薬を含む治療が必要なのは明々白々、もしかしたら社会復帰のために過酷なリハビリが待ち受けているかもしれなかったが、そういうのは専門家の方々に丸投げするとして。

今すべきは、こうだ。

「よっ、と」

キャリーバッグから伸縮性の取っ手を引っ張り出して、キャスターのロックも解除する。

「え、なにしてるの？」

「お前はここで待ってろ。これ、どっかのコインロッカーに預けてくるから」

「はぁ⁉　預けるって、置いていくつもりなの⁉」

「うん。使う場面は永遠に来ないからな」

「わっかんないでしょ！　万に一つの可能性が……」

「……億に一つ。いいや、一兆分の一くらいの確率で、お前の言う展開になったとしてぇ……

なったとしても、だ！」

カッ！　と、お洒落な某ＲＰＧだったらカットインが挟まりそうなほどに眼光鋭く、

「そのためにお泊まりセット一式用意してきてたらなぁ……」

天馬は叫ぶ。吠えるというのが正しいか。

「もはや気持ち悪いで済まされるレベルを超えてるんだよぉぉぉぉッ!!」

正論――まともな人間にのみ許された最強無敗のジャスティスを。ある意味、怪我の功名。

彼女を一人で麗良の家に行かせなくて良かったと、心底思うのだった。

「え、ちょ、ホントに置いてけっての？　あなた、正気？」

「正気を疑いたいのはこっちだ」

「待って、ストップ！　詰め込みすぎたのは認めるから、減らすから！　ね？」

「全部いらねえって言ってんだよ」

毅然とした態度を崩さない天馬に、さすがの凛華も根負けしたらしく。

「わかった！　わかりました！　一つだけ、本当に、必要な物が入ってるの！」

「……なんだ、財布でも一緒に入れちまったのか？」

「違う、違う。枕よ、枕」

「…………」

「ほら、ホテルとか他人の家の枕ってけっこう、硬かったり柔らかすぎたりで、合わないパタ

ーンが多いでしょう？　やっぱり使い慣れてるやつが一番……」

「泊まる世界線からいい加減に離れろー！」

手ぶらで枕だけ小脇に抱えている彼女の姿を想像し、天馬は鳥肌が立つ。

「私にとっては由々しき問題なんだって！　安眠できなかったらどうするの？」

「起きてろ。朝まで一生」

「えぇー？　睡眠不足はお肌の天敵なのよー…………って、まあ、でも、いっか。あんたが麗良に変なことしないか、寝ずの番をしていると思えば」

「……俺も泊まってたのか、その世界線」

タイムアップを告げるようにプップーと鳴ったのはクラクション。無益な取っ組み合いを続けているうちに、目当てのバスは到着しており。

「君たち、乗らないのー？」

躊躇いがちに運転手から声をかけられるのだった。

その後、悪魔のお泊まりセットはめでたくコインロッカーへ封印。

「せっかく準備したのに……」

「切り替えろよ、いい加減」

大きめの一軒家が建ち並ぶ住宅街の小道を、ぶつぶつ文句を垂れる女を引き連れて歩く。

「ってか、当然のように道なりに来てるけど、大丈夫か？」

本人曰く、「すぐにわかると思います」という話だったので、椿木家の所在地について詳しくは聞いておらず。ナビは凛華の記憶任せだった。

「通り過ぎたりしたら面倒だぞ」

「それはないから安心しなさい」

「なぜ言い切れる。なんか、だんだん周りに建物なくなってきてるし」

先ほどから延々、背を超えるレンガの塀とそれよりも高い樹木の横を歩かされている。中の風景は見えない。こんなところに博物館でもあるのだろうか。

「やっぱり電話して確認した方がいいんじゃ……」

「いらない。もう着いたわ」

と、凛華が足を止めたのは、格子状のお洒落な作りをした門の前。そこでようやく柵と木々の目隠しが途切れ、それらが何を取り囲んでいたのかを天馬は知る。

「た、大使館……!?」

大きめの公園並みに広い庭の向こうに見えるのは、巨大な洋館。外見的には海外の高級ホテルか何かにしか思えないのだが、ここは日本だし、宿泊施設とは無縁の住宅地だし。

つまりそれはあくまで、一個人の所有する物件に他ならず。圧倒されている天馬を置き去りに、凛華は門の横で何やら操作。ハイセンスすぎて気付かなかったが、顔の高さに設置されているタッチパネルは内部との連絡手段になっているらしく。

「あー、私。開けてくれる？」

『はいはい、どうぞ』

聞こえてきたのは麗良の声だが、スピーカーもマイクもどこにあるのかわからない。しばらくして、ガラガラガラ～と音を立てて門がスライド。遠隔操作。オートメーション。何に驚けば良いのか迷うところだが、いちいち気に留めていたら身が持ちそうになかった。

「何してんのー？」

すでに敷地内へ踏み入った凛華が振り返ってくる。ボケっと突っ立っているとお上りさんみたいに思われるので、天馬もあとに続いた。高そうな石畳を汚さないか不安になる。

「……なあ、椿木さんの親御さんって、ご職業は……大地主？　石油王？」

それはどっちも職業じゃないだろ、とセルフツッコミ。

「あー、ほら。一橋の近くに、ここら辺で一番大きな病院あるでしょ」

「ああ。でっかい手術するときとかに入るとこだろ」

「麗良のおじいさんがそこの院長。お父さんが副院長ね」

「か、開業医の家系……」

「ついでにお母さんは大学教授だったかな」

「インテリの遺伝子……」

リアルに華麗なる一族。富裕層なのはヒシヒシ伝わってきていたものの、面と向かって尋ねるほど厚顔ではなかったため詳細は知らず。驚愕すべきは天馬と彼女が同じクラスに配属されている点だろう。私立の高校って実は半端じゃないサラダボウル。

「ま、まずい。急に緊張してきた……俺、変じゃない？　大丈夫⁉」

「……その質問がすでに変だけど」

猫背になって凛華の背中に隠れる天馬だったが、

「ヘーキヘーキ。しゃんとしてなさい。ハイ、視線は高く！」

「うっ！」

バレエの先生みたいに体に触れてきて、姿勢を矯正されてしまう。おかげで豪邸の全貌がよく拝めた。白を基調にする落ち着いた外装。神殿のようなシンメトリーが美しい。青々とした芝生や庭木、多くの緑に囲まれており、都会の喧騒からは隔離されている。

これだけ広かったら手入れが大変そうだな、と。貧乏性の天馬が無用の心配をしていたら、玄関の近くに人影を発見。まさしく庭木の手入れをしているその人物に、

「おっ」

天馬は思わず目を見張る。白黒のゴシック調でスカートはロング。いわゆるメイド服。喫茶店のコスプレとは違って肌の露出が少なく、歴とした作業着だとわかる。

メイドさんがいること自体は、前にちらっと聞かされていたわけだが。実際こうして目の当たりにすると、謎の感動を覚える。人生初の生メイドゆえ。作業に没頭する彼女は来訪者の接近に気付いておらず。すいませーん、と声をかけようとした天馬は、

「……ん？」

しかし、直前で思い止まる。理由は、だまし絵を見せられているような違和感。

彼女が手にしている剪定ばさみは、両手で使うタイプの本格的な仕様。当然それなり以上のサイズであり、女性が扱うには不釣り合いなはずなのに。なぜかそうは見えない。パースが崩れているというか、縮尺がおかしいというか。説明しがたい不信感を抱いたのは、天馬だけではなかったようで。

「ねぇ……なんか、変じゃない？」

眉間にしわを寄せた凛華から小声で聞かれ、「俺も思った」互いに顔を見合わせる。

それだけで意思疎通が図れた二人は、心なしか寄り添うように体を近付け、薄氷を踏むような足取りで進む。距離が縮まるごとに違和感の全貌は明らかになっていき。

「おや？」

こちらに気が付いたメイドが歩き出したことで、いよいよ確信に昇華する。天馬たちの目の前、服についた枝葉を払い落とした彼女は、

「何か御用でしょうか」

理知的な見た目に相応しい、落ち着いた声を発する。つやつやのお肌から推測するに二十代前半。亜麻色の髪をメイドらしくアップにしている。顔のパーツ一つ一つがしっかり自己主張する感じの美人なのだが、単純にそうは思えない。

綺麗だとか美形だとか言うより前に、どうしても先行してしまう強烈な第一印象。

「で……」

——でけえ。

男子高校生としては平均的な身長の天馬が、完全に見上げる立場。厚底によって稼がれた分を差し引いても軽く十センチは差がある。引き締まって均整の取れた体。服の下の腹筋が割れているのを透視できる。威圧感が凄まじい。手にしているはさみを突然、三節棍がごとく振り回すのでは。ロングスカートの内側、太ももに二丁拳銃でも隠し持っているのでは。元ネタも定かではない妄想に捕らわれる天馬は、完全に言葉を失っていた。

「矢代。警察ってさ……」

一方、肝が据わっている凛華は臆せず。

「110番で良かったわよね？」

手に持ったスマホでダイヤル発信を準備している。

「え、ああ………って、通報する気か⁉」

「当たり前でしょ。怪しげなコスプレ女が人の家の庭先に不法侵入してるんだから、これで警察呼ばなかったらいつ呼ぶのってくらい犯罪臭」

「待て、待てって。コスプレじゃなくて、たぶんこの人、椿木さんの家が雇っている本物のお手伝いさん……」

「馬鹿言うんじゃないの！　こんなメスゴリラみたいな図体のメイド、この世に存在するわけがないでしょ！　バレー選手かプロレスラーにでもなりなさいよねぇ！」

「同感だけども口を慎め！」

「僭越ながら……濡烏のお嬢さん？」

　と、文学的な呼び名で口を挟んできたのは、メスゴリラみたいな図体のメイド（仮称）。

　警察に突き出すかどうかの問答を目の前で繰り広げられているくせに、顔色一つ変えず。天馬はそれが逆に怖かった。能面のままいきなり正中線を突いてきたりしそうで。

「公権力へ助力を請うのは、賢い手段とは言えませんね」

「……どういう意味よ？」

「『豪邸の周囲をゴリラみたいな図体のメイドがうろついているぞ！』という旨の通報を、今年に入ってからすでに四回は食らっておりますので。警察の方々もそろそろ『はいはい、またあの家ね』と鼻で笑い飛ばし、出動を見送る頃合いです」

「自分でそれ言いますかぁ!?」

　月一回のペースで通報されているじゃないか。あまりに悲惨な経験を、あまりに清々しい無表情で発表するのだから、天馬は悲しくなった。

そんなとき、重厚な玄関の扉がギィ～と開かれ、中から現れたのは一人の少女。

「あ、やっぱり。いるじゃないですか、矢代くんも凜華ちゃんも～」

訝しむ顔の麗良は、適当につっかけてきたらしい外履きをカラカラ鳴らす。

「何してるんです、中にも入らないで……とっ、とっ、沖田さんもいらしたんですね」

巨大なメイドを目にしても麗良が卒倒することはなく。不審者でない確証が得られた天馬は胸を撫で下ろす。一方で「マジなのね……」という、落胆の混じった嘆息を漏らすのは凜華。通報する大義名分を失ったからだろう。

早くも一生分くらい疲れ果てている客人を前に、「え、何かありました?」訳がわからずにおどおどするのが麗良。

かなりカオスなシチュエーションだったが、大柄な女は表情筋を露ほども動かさず。

「申し遅れました。わたくし、椿木家でメイドを務めております、沖田という者です。特技は簡単な護身術。趣味は料理、服飾、衛生学、語学に、比較文化も少々。最近のマイブームは写経でございますので……以後、お見知りおきを」

メイド然とした恭しい自己紹介を披露するのだった。

「あの、申し訳ありません。先ほどは失礼な発言をしてしまい……」

真っ先に謝った天馬に対して、「お構いなく」本当に意に介していない様子の沖田。

「本職のプロレスラーの方から『君、どこの団体？』と聞かれた経験もありますので」

「それは、なかなか……」

自虐か自慢か微妙なラインだったが、とにかく心の広い人で良かった。ついでに常識人っぽい。このルックスで中身まで破天荒だったら胃が持たないため、一安心の天馬だったが。気のせいだろうか、沖田の下目遣いにロックオンされている。

感情が読めない二つの大きな瞳には、訳もなく冷や汗をかいてしまう。

「え～っと、俺の顔に、何か？」

「いえ……何も。何もないので、驚いておりました」

「は、はい？」

その真意を天馬が知るのは、もう少し先の話になる。

△

一見すると映画のセットみたいにも思える豪邸だったが、外観だけの張りぼてだったりはもちろんしない。むしろ中に招き入れられてからが本番で、廊下の広さも天井の高さも一般家庭とは比べ物にならず、巨人の国にやってきたような錯覚に陥った。

入ってすぐは開放的な吹き抜けになっており、天窓から明るい光が注いでいる。レトロな振り子時計を横目に階段を上り、案内されるまま一番奥の部屋までやってきた。

「どうぞ、お入りください……」

麗良は緊張した様子で扉を開く。言わずもがなそこは彼女の部屋。ここまでは生活感の片鱗すらなかったが、私室ともなれば話は別。

足を踏み入れた瞬間に人の温もりを感じた。天馬の部屋の倍以上はありそうな広々としたスペース。中心には円形のカーペットとガラステーブル、壁際には大きなクローゼットが配置されていて、アンティーク調の本棚にはハードカバーが多く収まっていた。

全体的に整然としてはいるが、白いシーツの敷かれたベッドに大きなサメのぬいぐるみが置かれていたり、デスクトップのパソコンの横にAIスピーカーが備え付けてあったり、そこかしこに麗良の趣味を感じた。薄いピンクのカーテンをはじめとして落ち着いた色で統一され、透明感のある彼女にはよく似合っている。

「す、すみません。超特急でお片付けはしたんですが、まだまだ散らかったままでして」

上気した熱を冷ますように、両手で顔を扇ぐ麗良。なぜ謝られたのかわからないし、これで散らかっている査定を下すのは意地悪な姑くらいだ。

「あまりじっくりは見ないでくださいね。特に、矢代くんは！」

「俺だけ名指し？」

「気を悪くしたのなら申し訳ありません。でも、凛華ちゃんとは違い初めてお越しになる方ですし……他にも、まあ、いろいろ……どうしても」

「あー、そりゃそうか」

ごにょごにょ言い淀む理由は、推して知るべし。難しいかもしれないけど、なるべく見ないようにしてあげよう。天馬が心に決めた矢先、

「……ど、どうです、か？」

ちらっ、ちらっ、と。麗良から物欲しそうに目配せされる。聞きたいけれど、同じくらい聞きたくもない。二律背反で悶々としているように見える。

「どうって？」

「わ、私の部屋をご覧になった、感想は？」

「…………」

それを述べるためには、部屋をじっくり観察しないといけないはずなのだが。前言撤回という認識で良いのだろうか。揚げ足取りは可哀そうなのでやめておくとして。

感想、か。正直に言って、批評家を気取れるほどのキャリアはない。女子の生活空間に踏み入ること自体が天馬にとっては初体験だったし。なおもチラチラ意味深な視線を送ってくる少女が、果たしてどんな言葉を求めているかは見当もつかなかったので。

「女の子らしい部屋だね」

結果、毒にも薬にもならないコメント。ワイドショーのゲストだったらもう二度と呼ばれな

いだろうが、意外にも麗良には好評だったらしい。

「はい！　私、女の子です！」

見ればわかるよという謎の宣言をしつつ、アルカイックスマイル。毒舌のコメンテーターが次々に姿を消していく現代の風潮に、天馬がなんとなく寂寥感を抱いていると。

「何を基準に『らしい』のよ？　どうせ女子の部屋に入るのなんて初めてのくせしてさ」

時代にそぐわない辛辣なツッコミを入れてくるのが凛華。切れ味鋭いそれが、今は無性に嬉しかった。たとえるなら痛みで正気を保つようなもの。なんとか平静を装っているが、女子の部屋にやってきているという現実を意識すると、頭が一気にくらくらしてきそう。

その点、凛華はさすが。入った瞬間に枕の匂いを嗅ぐだとか、気持ち悪い行動に出たらどうしようとあれだけ騒いでいたくせに、実際は冷静そのもの。内心はどうであれ、表面上はニヤニヤもしめしめも垂涎もない。強いて言うなら一か所、何か意識して鼻呼吸を行っているようにも見えるのだが、おそらく気のせいだろう。

「あ、どうぞ、楽にしてくださいね」

座るのを勧められ、凛華は迷うことなくクッションに体重を預けていたが、天馬は若干の躊躇い。言うまでもなく女性の私物である。本当に男が尻を敷いて良いものか。座ってもあまりくつろげそうにはない。というか、それに関連してずっと気になっている疑問が一つ。この際だから解消しておこう。

「あのさ、椿木さんって……家ではいつも、そんな感じの服装なの？」

「え、あ、え！　へ、変でしたか⁉」

「いや、変ではないんだけどね」

あまりくつろげそうにはない格好だな、と思っただけ。

襟にリボンのついた白いブラウスが清純さを醸し出す一方、濃紺のスカートはウエストの高い位置でコルセットにより固定、ただでさえ大きい胸の膨らみをこれでもかというほど強調している。脚は長いソックス着用で全体として肌の露出は少ないのに、異常なほどセクシー。

良家のご息女という表現がしっくりくるので、麗良にぴったりの装いではあるのだが。

「楽な部屋着って感じではなかったからさ」

「あ、そういう意味ですか、良かった〜。実はこれ、沖田さんが用意してくださったんです」

「さっきのメイドさん？」

「はい。友達が来るという話をしたら、『わたくしにお任せください』と仰って」

現在のお嬢様コーデに至る、と。その選択はどうやら大正解だったらしく。

「悪くないセンスね、あの女」

凛華の評価も上々、珍しく手放しの称賛を口にしている。

「いろいろ詳しいお方なんですが、ファッション関係については特に造詣が深く。仕事中のメイド服なんかもそうですけど、自作の衣装を沢山持っていらっしゃるんですよ」

「ふぅーん……自作の衣装」

と、危うく聞き流してしまいそうだったが、

「えっ、あれ手作りだったの⁉」

何気にすごい情報が飛び出していた。先ほどのメイド服はぱっと見でもしっかりした作りで、どこで売っているのか気になっていたくらいだ。

「すごいですよね。お店ではなかなか、自分に合うサイズが見つからないそうで」

「あー、なるほど……」

あれだけ体が大きいと、既製品のレディースでは対応しきれないのだろう。だからといって作ってしまう発想が凄まじい。服飾が趣味とか言っていたし、いわゆる趣味と実益を兼ねているパターンなのだろうか。

「私と違って何をするにも器用なんですよ、沖田さん。難しいお菓子を作ったり、お茶の淹れ方も上手……そうだ！　せっかくですし、お二人にもご賞味いただきましょう」

パチンと手を合わせた麗良は、「頼んできますね」とすぐに部屋を出ていってしまう。お構いなくという暇もなかったので、ここは存分にもてなしを受けておくとして。

「…………」

落ち着くような、落ち着かないような。名状しがたい感覚の天馬。

あまり見て欲しくないと頼まれていた手前、視線は天井からぶら下がっているお洒落な飾り

の照明に固定。視覚はそうして制御できる一方、他の感覚器官を封じる手立てはなく。

この空間に充満している謎の芳香、すこぶる良い匂いの正体はなんなのか。答えは簡単で、部屋の主である麗良の香りに他ならない。ふわっと鼻孔をくすぐるだけで悩殺クラスなのに、それを極限まで濃くした感じで、もはや多幸感を超え脳内麻薬まで分泌されていそう。

正直、意識がトリップする一歩手前の天馬だったが、

カシャー、と。機械的なシャッター音が耳に届いて、現実へ引き戻される。見れば横にしたスマホを両手で構えている凛華の姿。それはつまり撮影中を意味しており。

「うん、よく撮れてる♪」

「おい」

痴漢の現行犯、彼女の手首をぎっちりつかむのが天馬だった。

「何をしている。ってか、何を撮っている、お前？」

「え、部屋の様子をかな」

「ナゼェ」

「記念撮影、みたいな？　ほら、久しぶりに来たから」

「…………」

もしかしたら天馬が不案内なだけで、女友達は互いの部屋で普通に写真を撮影するものだったり、そういう文化が定着している可能性は否めないが、だとしても。

「人も一緒に写せ！　人も一緒にぃ！」

内見の参考資料みたいに、わざわざ部屋だけを写しているこの女。事件の臭いがプンプンする写真で、忍び込んだストーカーの視点にしか思えなかった。

「はぁ？　あんたが写り込んでる写真なんて死んでもいらないんだけど」

「誰も写り込みたいわけじゃねえんだよ！　椿木さんと二人のところを俺が撮ってやるから、それで満足だろ、な？」

「えぇー……写真撮りたいだなんて急に言い出したら、あの娘に変な顔されるでしょ」

「変って認めたなぁ！」

麗良が席を外した途端にカメラを構えた点から見ても、完全なる故意犯。

「何が記念撮影だ、盗撮を可愛らしく言い換えやがって！」

「大丈夫よ、悪用はしないから。あくまで個人的に楽しむだけ、ね？」

「どう個人的に楽しむのかは聞かないでやるから、今すぐ消せ、消しなさい！」

「ちょ、あぁん！　乱暴しないでよ、バカ！」

こんなときだけか弱い女の子みたいな声を上げる凛華から、問答無用でスマホを奪い去り、犯罪の証拠は綺麗さっぱり消去。間違いなく正義を執行した天馬に、しかし、苛立ちのたっぷり混じった舌打ちを飛ばす盗人猛々しい女。

「バレなきゃ犯罪じゃないって名言、あなたは知らないのね」

「バレてんだよ。俺に」

「ふーんだ。いいもーん。心のフィルムにしっかり焼き付けておくから」

「最初からそうしてくれ……」

変態と紳士を分ける分水嶺は、犯罪に手を染めるか否かにある。親心か老婆心か、彼女にはどうか健全な恋路を歩んで欲しいものだと、ひたすらに願う天馬だった。

「でも、四年前とは大分変わってるわねー、この部屋」

凛華は不躾にも家具や小物の一つ一つをねっとり観察している。家に呼びたくないタイプの友達がする行動の典型例だった。

「このクローゼットとか、似たようなデザインだけど、一段階大きなサイズになってる。前のやつが一杯になって買い替えたのね、きっと」

「クローゼットのサイズ違いとか、よく気付けるな」

「あったりまえでしょ」

嘗めないでよ、とでも言いたげ。彼女にとっては大切な思い出なのだろう。

「本棚は全く同じやつね。あの頃は中身スカスカだったけど……今はぎっしり」

時の流れを感慨深く思ったのか、優しげな目つきになる凛華。

「ガラステーブルは完全に新規ね。前は木製のちゃぶ台みたいなローテーブルだったから。カーペットも……違う、違う、全然違う。こんなにもこもこしてなかったわ、表面」

「肌触りで判断するとか、玄人っぽい」

「そもそも家具の配置からして違う。前はベッドが窓際にあって、本棚はそっちの角にすっぽりで、勉強机がその隣にあったから……あ、この電気スタンド、まだ使ってたんだ」

「ほんとに、よく、覚えて……」

「カーテンは同じに見えるけど、どうだろう……あ、いや、材質が違う！　こんなに分厚くなかったわ。へえ～、遮光カーテンに変えたんだ。日光とか気になるお年頃？」

「……」

「上の照明は、装飾自体は同じに見えるけど、中はLEDでも導入したのかな？　あー、たぶんそうね、うん、昔はこんなに明るくなかったはずだから」

「…………」

「エアコンも新しくなってる。起動するたびにガーガー変な音が鳴ってたから、元から故障気味だったのね。あ、ミニサボテン、数が一つ増えてる。二つじゃ物足りなかったのかな。えーっと、この間接照明は……初めてね、うん、前はなかったはず。あ、この卓上ミラー可愛くて、当時から同じの欲しいと思ってたのよね～。どこで買ったんだろう？　んー……あっれぇ、時計ってこっちの壁に掛けてあったっけ？　ううん、違う違う、前は確か……」

「…………」

——覚えていすぎじゃない？

四年前の記憶を文字通り昨日のことのように語っている女を前に、戦々恐々とする天馬はおかしいのだろうか。もしや世間の恋する若者にとってこの程度は朝飯前、むしろ必須の能力だったりして。だとすれば自分には恋愛なんて一生無理そうだ。

天馬がひっそり打ちひしがれる中、空き巣さながらに家探しを継続する女は、最後のメインディッシュとばかりにベッドの方へ近寄っていく。

「さて、さて。さて、さて……」

どう料理してやろうかな、とでも言いたげな怪しい目つき。そのまま妄想通りにダイブして枕に顔面を埋めようとも、天馬は驚かない。いっそ好きにやってみろという、放任主義なのか育児放棄なのかわからない見守り方をしていたわけだが。

「よいしょ、と……」

意外にも、暴走は起こらず。遠慮がちにベッドの上に腰掛けた女。おもむろにサメのぬいぐるみを引き寄せると、ぎゅぅ～っと音が聞こえてきそうなくらいきつく抱きしめる。

「…………」

「…………え？」

訪れたのは、沈黙。深い瞑想に入ったかのように目を閉じてしまった凛華。デフォルメされた肉食魚のゆるふわさが彼女の凛々しさを際立させており、存外にも好相性。しかし、サメさんの妙につぶらな瞳が「苦しい」と訴えかけてきているような気もしたので、

「おい、おいって。目ぇ開けろ」

「……何よ、気が散るんだけど」

「俺は読心術とか使えないんだ。せめて何してるのかくらいは教えろ」

「マーキングに決まってるじゃない。見ればわかるでしょ」

「わからなかったよ。聞いて良かったよ」

　要するに犬が電信柱におしっこをかけるあの行為だが、彼女はいったいどの方面に縄張りを主張しているつもりなのだろう。

「でも、なんか………ん～？　ん～～？」

　くんくんくん、と。サメの腹部に鼻を押し当て匂いを嗅いでいる女は、甚だ納得いかない表情。鶏肉と称してカエルの肉を食わされたような。素人は騙せてもプロは誤魔化せないぞ、とで言いたげに首を傾げており。

「何か不満でも？」

「いや、あのね。このぬいぐるみにマーキングして私の分身に仕立て上げれば実質、私と麗良は毎晩一緒に寝ているようなものじゃないかって、そういう狙いだったんだけど」

「とんでもない理論を真顔で口に出すな」

「おかしいのよね。これ、あんまり麗良の匂いがしないというか……ううん、一応するにはするんだけど、かなり薄い気がする……青臭さはあるけれど芝刈り直後ではない感じ？」

込むのだった。

「もしかしたらこれはフェイク……本命のぬいぐるみは別の場所に隠した？」

麻薬を嗅ぎ分ける警察犬か、はたまた遺跡を探検する考古学者か。床に這いつくばった凛華は、研ぎ澄まされた変態の直観により当たりをつけたらしく、ベッドの下へ無造作に手を突っ込むのだった。

「ここが、怪しめね……」

「かなりやばい絵面だぞ、お前」

天馬は呆れながらも止めに入らなかった。理由はそこに麗良のプライバシーを侵害するような何かが潜んでいるとは、到底思えなかったから。男子中学生がエロ本をベッドの下に隠すのは都市伝説。大概はなくしたプラモのパーツが転がっている程度だ。

「んー、おっ！　やっぱり、なんかあるみたい！」

「冗談だろ？」

「しかも、でかい、でかい………うーんしょ、っと！」

そっとしておけ、と諌める暇もなく。凛華が片手で引っ張り出したのは、先ほど抱きかかえていたサメさんにも匹敵するサイズの、巨大なぬいぐるみだった。ミルクたっぷりのカフェオレみたいな明るい茶色。楕円形のそれは他のぬいぐるみの例に漏れず、なんらかの生物をモチーフにしているらしいのだが。

「…………え。え、え、え……え？」

凛華の顔がみるみる青ざめていく。アンテナみたいに伸びる二本の長い触角、甲虫っぽい蛇腹、王蟲みたいに細かい足がわらわら。そこまで認識した時点で、

「イヤァァァァァァ!!」

本気の悲鳴を上げて後ろのベッドにぶっ倒れる。チェストパスの要領で放り出されたぬいぐるみは、ちょうど対面に位置していた天馬の手にすっぽり収まる。

「ナイスパス……じゃなくて。人の私物を雑に扱うなよ、馬鹿」

「だ、だ、だ、だって、だってぇ、それ、それぇ！」

飛び起きた凛華は部屋の隅までそそくさ避難。最大限に距離を取った位置から、親の仇でも見るような目で天馬の抱えるそれを指差す。

「ご！　ご！　ゴキ……っ」

「違うと思うぞ。似てるけど」

あちらはここまで沢山足は生えていないし、体はもっと平べったいだろう。手に持っているこいつは、どちらかといえばダンゴムシに近い気がする。

「つーか、だったとしても、そこまで驚くか？」

「驚くに決まってんでしょー！　それを得意とするあんたの方が異常よ！」

天馬も決して得意ではないが、だからといって作り物に嫌悪感を表すほど極端でもない。

「デフォルメされてるし。けっこう可愛いぞ」

「全然可愛くないから！　意味わかんないから！　すぐに元の位置に戻して！」

どうやら視界に入れるのもおぞましいらしく、壁に貼り付いてすっかり縮こまってしまった凛華。普段の豪胆不敵ぶりが嘘のように軟弱、貧弱、脆弱。虫に触れない現代人が増えているのはよく耳にする話だが、取り分けひどいバージョンだった。

「…………」

その瞬間に天馬の中で、やりたい放題の彼女にお灸を据えておくならば今が好機なのではないかと、教育的な発想が生まれてしまい。泣いて馬謖を斬る思いで実行に移す。

「いいか、お前みたいに好き勝手やってるとなぁ……」

「ひっ！　こっち来ないで！　お願いだから！」

「こんな風にいつか……」

「キャー！　裏側見せないで！　気持ち悪いから！」

「しっぺ返しを食らうんだぞ。わかったな？」

「うぅ！　もう許してぇ……」

気が付けば、部屋の隅っこで丸くなっている女に詰め寄り、手にした立派な一物（念のため言っておくが、ぬいぐるみのことだ）を顔面にぐりぐり押し付けていた。毛ほども楽しくはなかったので、天馬にサディストの素質はなかったらしい。そして我に返った。何をやっているのだろう。たぶん疲れている。

とにかくこれで少しは反省を促せたかな、と。小さくため息を吐き出していたら。

「すいません、遅くなってしまい！」

ガチャリ、扉が開け放たれるのと同時に、鈴を鳴らしたような声。

「お茶とお菓子、沖田さんにお願いしてきましたので、少し経ったら来る…………っ」

瞬間、時が止まったみたいにフリーズする麗良。青い瞳が映し出すのは、半泣きで縮み上がっている凛華と彼女にお仕置きを食らわせている一人の男。

「誤解だからね？」

我ながら神速の弁明を試みたが、麗良は氷漬けのまま動かず。世界の残酷さや理不尽さを存分に学んだ天馬は、また一つ大きくなるのだった。

△

ほどなくして誤解の大部分は解けたものの、意地悪をしすぎたせいで凛華はすこぶる機嫌を損ねており、意趣返しに天馬はベッドの下を漁った大罪人に仕立て上げられてしまった。

なお、あのぬいぐるみはダンゴムシではなく、とある教育番組に登場する人気キャラクターで、ダイオウグソクムシをモデルにした『だいおうまるくん』という名前があったこと。

生物学上の分類ではフナムシに近く、虫を大の苦手とする凛華が彼（？）の姿を目にしたら失神しかねないと判断したため、来訪の直前に急遽ベッドの下に隠したこと。

以上の説明を麗良から受けた。

「ねえ、麗良……ホントに幼児から人気なの？　あのフナムシもどきが」

「だいおうまるくんですって！　深海の掃除屋って呼ばれている、とっても偉い子なんですよ？　クジラとか魚の死骸をパクパク～って食べちゃうんですから。可愛いですよね～」

「……可愛い要素、皆無だし。その情報に食いつくティーンはあなたくらいよ」

これについてだけは最後まで腑に落ちない様子の凛華だった。

ちなみに、麗良はどんな虫が現れても決して動じず、即座に素手で処理してしまう特技の持ち主だという。一家に一人はいて欲しい勇者である。

「お待たせ致しました」

しばらくしてメイドの沖田が紅茶を運んできた。お茶請けは彼女お手製のシフォンケーキ。あとから知ったが、上手く作るのにはかなり修練が必要らしい。

アールグレイが良い香りで、ケーキもすごく美味しくて、完全に当初の目的を忘れるところだったが、

「さーて、応援演説の原稿でしたよね。私もいくつか案、出しておきましたよ」

さすがの麗良、タイミングを見計らって本題を切り出してくれた。

「箇条書きですけど、これがそうですね。あと、頂いていた草稿にも私なりに赤で直しを入れておきました。コピーしておいたのでお配りします」

「助かるわ」

「ありがとね……って、すごいな」

昨日の今日だし他に色々やることもあっただろうに、えらく書き込みがされている。彼女だけ一日が四十八時間で回っていたりするのだろうか。

「ここ、全部カットするって理解で良いのかしら？」

「あ、いえいえ、切るというか、短くして濃縮する感じ……」

一通り目を通すと、早くも凛華が質問。初めは原稿用紙にシャーペンで書き込んでいた麗良だったが、やがてノートパソコンを持ってきてキーボードを叩き始める。

肩を寄せ合う二人の間には拳一つ分の隙間もない。凜華が人目を気にするせいもあって学校ではあまり見られないが、これが本来のあるべき姿だった。

やれやれ、と。ここまで漕ぎ着けるまでの苦労を思い返し、天馬は長大息。

あとはどうにかして自分がいなくなれば、ミッションコンプリートなのだが、妙案が浮かぶはずもなく。可能な限り気配を消すしかなかった、そんなとき。

「…………？」

不可思議な現象。天馬は何者かの視線を強く感じていた。カマキリの複眼でロックオンされているような寒々しさに、肝を冷やしながらも周囲を警戒。

そして、発見。己をじっとり見つめる巨大な存在。大統領を護衛するＳＰみたいなポーズで待機している彼女は、振り返ってきた天馬の困惑を察したらしい。

「あ、どうぞお気になさらず」

上から目線ではなく、物理的に高い位置から降り注いだ声。

「わたくしは置物。いないものとして扱っていただければ結構ですので」

「……それはちょっと、難しい」

こんなに威圧感のある置物、未だかつてお目にかかっていない。魔除けに使えそう。今さら知ったが、紅茶を運んできたメイドの沖田は退席しておらず、部屋に居座ったまま。

「す、座ったらどうです？」

立ちっぱなしでは疲れるという以前に、視線を揃えてくれたら多少プレッシャーも薄れる。

「それはわたくしのポリシーに反します」

「あー……仕事中はだらけない、っていう？」

「半分肯定です。正確には、座ってしまったら何も起こらないがゆえに」

「……逆に、立ってたら何か起こるんですか？」

「はい。このように……」

つま先立ちに移行した沖田は、一秒ほどその状態を維持してから、ゆっくり踵を下ろす。

「腓腹筋とヒラメ筋の辺りから最強になっていきます」

「筋トレしてたってことですか⁉」

「百獣の王を自称する某タレントをリスペクトしておりまして」

仕事中に隠れて自分磨きをしている事実をカミングアウトしたわけだが、麗良は眉をひそめるどころか笑っており。

「あ、そうそう、すごいんですよ、沖田さん。格闘技も強くって」

戦うメイドは実在したのか。元デルタフォースとかの肩書が付きそう。

「たくさんやっていましたよね、なんでしたっけ？」

「柔道三段、空手三段、剣道二段、他にもムエタイ、少林寺拳法、サンボ、骨法、ブラジリアン柔術、カポエラ、バリツも少々……」

沖田が披露した早口言葉に、「おお～！」世間知らずのお嬢様は感嘆を漏らすのだが。

「どこのアクション仮面だ！　一個、架空の武術も混じってるし！」

指摘できてしまう自分が憎い。

「おや？　天馬様、なかなか趣味が合いそうですね」

「あの劇場版、好きなんですから。経歴詐称のネタに使わないでください！」

黙っていれば美人とはよく言ったもの。このメイド、喋らせたら予想以上にキャラが濃い。

「失礼しました。黒帯を取得しているブラジリアン柔術以外は、嗜む程度です」

「い、一番意外なところを極めているぅ……」

職業選択を間違えている気がしてならないのは、天馬だけではなかったらしく。

「……家政婦に必要な能力とは到底思えないの、私だけ？」

きな臭い視線を隠そうともしないのが凛華。

「とんでもない。むしろ必須のスキルです。鍛え上げられた肉体がなければ、いざというときにお嬢様をお守りできないではありませんか」

「令和の日本でどんな無頼漢と戦うつもりなのよ」

「万が一がありましたら、わたくしは奥様に合わせる顔がございません」

「奥様って……椿木さんのお母さん、だよね？」

「あ、はい。もともと、母が働いている大学の生徒さんだったんですよね」

「その節は大変お世話になり。今でも足を向けて寝られません」

ゼミに所属して論文を書いたとか、進路の相談に乗ってくれたとか、そういう意味でのお世話になっただと天馬は平凡に想像していたのだが。

「文字通り恩師でございます。血と硝煙の臭いに塗れていた当時のわたくしを、公明正大な心で説き伏せ、真っ当な人間の道に導いてくださったのですから」

「それは大学教授の領分をはるかに超えていますよね……」

マフィアの鉄砲玉と教会の牧師みたいな。いちいちスケールのでかい話をしてくるので、どこまで本気かさっぱりわからない。

「もしも奥様から膝裏を舐めろと命令されても、わたくしは喜んで舐める所存であります」

「舐める部位がピンポイントすぎません？」

個人的なフェティシズムを感じてしまう。凛華が「こいつ本格的にヤバいのでは？」という目をしているが、人の振り見て我が振り直せという金言を送りたい。

「そういえば、今日ってご両親はいらっしゃらない感じ？」

他の部屋を覗いたわけではないが、人の気配はあまりしなかった。

「そうですね。二人とも少し遠出をしておりまして……今はどちらでしたっけ？」

「奥様は研究旅行でオックスフォード、旦那様は学会に参加しており本日は京都です」

「アカデミックな響きがすごいな……」

「家族は他に妹が一人いますけど、去年から全寮制の中学に入っています」

「じゃあ、この広い屋敷に今は椿木さん一人？」

「身内という意味ではそうなりますが、沖田さんを含めたハウスキーパーの方が三人いらっしゃるので、実際はそこそこ賑やかですね」

「ちなみに唯一、わたくしだけは住み込みであります」

それは名誉の証らしく、どことなく鼻息が荒い沖田だった。一方で凜華は「ふんっ……」とあからさまに不服そう。麗良と一つ屋根の下で生活している彼女を羨ましく思ったのか、あるいは彼女がいなければ「今日、うちに誰もいないんです」という全国の青少年が憧れる展開だったのに、などの邪な妄想がよぎったのかも。

「まあ、でも、沖田さんみたいな人がいれば、親御さんも安心だろうね」

色々な意味で、と。天馬の込めた含蓄は正しく伝わったらしい。

「ご慧眼に感服致します。そう、わたくしがここに留まっているのは、ひとえにお嬢様をお守りするため。防犯上の観点が大きいのです」

つまり、身辺警護。頼りになるボディガードなのは否定しないが、

「だからってこんな間近で見守らなくても……」

やるなら外からの襲撃（？）に備えて庭を警らするとか、果たしてそこまでする必要があるのかは微妙だが、もっと現実的な方法がいくらでもありそう。

「いえ、真に恐ろしいのは内部に存する敵——獅子身中の虫と、相場は決まっております」

「はぁ、なるほど」

一理あるが、まるでこの場に裏切り者、麗良に害をなす敵が潜んでいるかのような口振り。

誰を指しているのかわからずに周囲を見渡した天馬は、気が付く。

「……え？」

じぃ、と。無言で自分を見つめている、否、見下ろしている、ターミネーター（2に登場する液体金属のあいつ）みたいに無感情な瞳。おかしな動きを一つでも見せれば、ベレッタを取り出して眉間を撃ち抜く気満々に思える。

「俺ですか獅子身中の虫⁉」

「男は狼なので気を付けなさいとは、聖書にも記されております」

敬虔なクリスチャンではない天馬に真偽はわからず。しかし、甚だ遺憾ではあった。

「随分、弱っちい狼ね」

と、他人事のようにクスクス笑っている凛華。麗良の純潔を汚しかねない野獣はどう考えても彼女の方。史上最大の冤罪事件に巻き込まれていた。

「沖田さん！　なんてこと言うんですか！」

天馬の代わりに声を荒らげてくれたのが麗良。矢代くんはそんなことする人じゃありません、と。汚名を返上してくれるものとばかり思っていたが。

「や、矢代くんだって、健全な、お、おお、男の子、なんですよ？　多少は、そういう……あの、その、えっと、あの……ですね……」

雲行きが怪しい。頬を深紅に染めた麗良はぼそぼそ口ごもった挙句、気まずそうに視線を逸らしてしまう。

「……椿木サン？」

「え、エッチなこと考えたりしても、責められないじゃないですか！」

「椿木サン⁉」

救い上げるどころか崖の下に突き落としてきた。

しかし、よく考えれば今この空間に存在しているのは男一人、女三人。おまけに、種類は違えども皆美人。ともすれば天馬は、女性専用車両に乗り合わせた痴れ者にも等しい。

「恥じる必要はございません。お嬢様の仰る通り、それは殿方にとっての生理現象」

と、音も立てずに距離を詰めてくる沖田。熟練されたすり足は素人に逃げる暇さえ与えず、そのまま首根っこをつかまれて軽々と持ち上げられる未来も、天馬は覚悟したのだが。

「我慢の限界を迎えたときは、どうぞ気兼ねなくお申し出になってください」

なぜか一番上のボタンを外し、首元を緩めた大柄な女。

「お嬢様の代わりに、わたくしがお相手致します」

「なんのお相手ですかね⁉」

組み手か、乱取りか、普通のプロレスか。この言い方だとまるで普通じゃないプロレスがあるみたいだが、いずれにせよごめん被る。階級違いで勝負にすらならない。

「だ、大丈夫！　俺、いたって冷静ですから。興奮とか高ぶりとか、ホントに皆無で……」

血気盛んな十代の発言とは思えず、自分で言いながら悲しくなってくる。天馬も本音ならもう少しドキドキしたかったのに。気を揉みすぎてそれどころではないのが現実。

「えぇ～っ!!　皆無なんですか⁉　真剣に⁉　一ナノも⁉」

「ややこしくなるから食いつかないで、椿木さん！」

「す、すみません……それはそれで、ショックを隠し切れず……」

ときどき、最近だとしばしば、麗良の精神構造がわからなくなる。

翻弄されっぱなしの天馬を面白がるように、性悪な微笑みを浮かべていたのは凛華。

「その話題、私も参戦して良い？」

「……良くない」

やはり女性って難しい。お前は場違いなところにいるぞ、と。辰巳から言われた台詞が不意に蘇り、不思議と救われた気分になる。

この場に相応しい男なんて、いるのなら是非ともお会いしたかった。

△

会議は踊る、されど進ます――なんてことは決してなく。

始まりこそ混沌を極めつつあった打ち合わせだったが、その後は滞りなく進んでくれた。麗良の用意してくれていた改稿案の出来が素晴らしかったのが主な要因だろう。

日が沈む頃には皆（最後まで居座った沖田を含む）納得のいく演説の原稿が出来上がっており、その完成度たるや凛華の反応を見れば一目瞭然。

「ねえ、この原稿、本当に発表しないと駄目？　寝る前に読み返して一人でニヤニヤするっていうのは？　もしくは麗良コレクション三種の神器として神棚に飾る……」

以下略。裏で繰り返していた本末転倒の提案を、天馬は尽く突っぱねた。

気持ちの良い倦怠感を全員が共有しており、打ち上げの一つもしたかったが、祝杯を上げるのは選挙が終わってからにしようという結論で落ち着き。

凛華は最後まで「泊まっていきますか？」の誘いを待ち焦がれていたようだが、ご都合主義の展開はもちろんなく。一縷の希望を託した帰り際、「あのね、麗良？」と全力のモジモジを披露したが、「お手洗いですか？」と聞かれてしまい泣く泣く断念。

車で送ってくれるという提案はギリギリまで断っていたのだが、最終的に沖田から、

「お嬢様のご学友を徒歩で帰らせたとあっては、奥様に顔向けできませんので……」

平身低頭に頼み込まれてしまい、さすがに折れざるを得なかった。

かくして黒塗りの高級車に乗り込んだ。突っ込んできた日本車が大破するとまで言われる頑丈なドイツ製。まさかそのシートに自分が座る機会が訪れるなんて。

座り心地は良好だったが、居心地はお世辞にも良いとは言えず。姉の下手くそな運転と安っぽいシートが無性に恋しくなった。尻の位置を忙しなく変える天馬とは対照的に、流れていく外の景色を眺める凛華は余裕綽々。イメージカラーがブラックなのも相まって、彼女の専用車と言われても信じるくらい親和性が高かった。

先にタワーマンションで凛華を降ろして、次に向かうのは天馬の自宅なわけだが、

「…………」

「…………」

純度の高い沈黙が広がる。流行りのEVというやつなのか、エンジン音すらしない。

いつも麗良の送り迎えに来ていた執事っぽいハンサムは非番らしく、代わりに運転席に着いているのは長身の女性。ぺたんこな靴に履き替えてはいるが、しっかりメイド服を着用。

天馬はバックミラーに映る肖像画のような相貌を確認しながら、ありきたりに天気の話題でも振っておいた方が良いのかと考えていた最中。

「ときに、天馬様」

「は、はい！」

信号待ちに入った瞬間、ぎょろりと動いた瞳でミラー越しに一瞥されたのだから、心臓も体も飛び跳ねる。じっくり観察していたのを看破された気がして、冷静ではいられなかった。

「一つ、興味本位の質問があるのですが、よろしいですか？」

「え、質問……」

乱れたシートベルトを直しつつ、思った。自分のように平凡な男子高校生に、沖田のような平凡とはかけ離れたメイドが、興味を持つ要素はあるのだろうか。

「どういった系統の……？」

「いわゆるラブロマンスに関するご質問です」

そのヒントだけでなんとなく予想がついた。彼女もおそらく恋愛脳。男と女が集まればそこには必ず好きや嫌いの感情が生まれると疑わない、面倒なタイプの人種なのだ。

さしずめ凛華と麗良のどっちを狙っているんだとか、そういうばかばかしい二択を迫られるのだろう。天馬が半ば辟易していると、案の定。

「天馬様は、お嬢様と凛華様とわたくしならば、誰が一番お好みでしょうか？」

「あー、はいはい。椿木さんと皇と、沖田さんね……沖田さん……沖田さん!?」

「どうかなさいましたか？」

「え、えっと……聞き違いかな？　最後すごい自己主張激しかった気が……」

「これは失礼。答えやすいよう、もっと直接的な言い回しに変えましょう」

「助かります」

「高身長で年上のメイドは恋愛対象に含まれますか？」

「直接的だけど答えやすくはない！」

まさかそっちがメインだったとは恐れ入った。

「なぜです？　イエスかノー、返答はいたってシンプルです」

「いや、そうなんですけど……」

本人を前にしたら角が立つだろ、と。考える時点で答えはすでに出ている。

「す、すみません。お会いしたばかりで、沖田さんについてよく存じ上げないので……」

「現時点ではナシという回答ですね」

「……はい」

「承知しました」

オブラートに包んだのに、わざわざ引き剝がして咀嚼。しかし、沖田が気分を害した様子はない。単に感情の起伏を天馬が読み取れていないだけの可能性もあるが。

「……どうしてそんな質問をしたのか、教えていただいても？」

「お答えするためには、少し長めの自分語りが必要になります。よろしいですか？」

「もちろん」

「あれは、わたくしが今の天馬様とちょうど同い年……高校二年生の頃」

「けっこう遡るんですね……」

「当時のわたくしは、日中は現実の世界で学校に通い、帰宅後はギャルゲーの世界で再び学校に通うという、二重の青春生活を謳歌しておりました」

「青春の概念を壊さないで」

一粒で二度美味しいみたいに言っているが、謳歌の仕方がアブノーマルすぎる。

「その中のとあるタイトルに登場する、担任の女性教師――二十九歳、独身、数学担当、安産体形――が、わたくしの琴線をびびっと震わせまして。攻略情報も何も知らない初見プレイ時、彼女をどうにかして射止めようと、他の女の子そっちのけで粘着しまくったわけです」

「楽しみ方が上級者なんだよなぁ……」

「苦節の甲斐あり告白まで漕ぎ着けましたが、待っていたのはトラウマ級の絶望でした。先生から手痛くビンタを食らった直後に画面は暗転、そのまま無慈悲なゲームオーバーを迎えるのです。何度やり直しても結果は同じ。フラグの問題ではありません」

「へー……ギャルゲーにゲームオーバーとかあるんですね」

「そもそも、最初から彼女の攻略ルートは用意されていなかったのです。別機種のリメイク版でも同様。言うならば、プレイヤーへのトラップとして登場していたわけです……」

沖田からは、どことなく悲壮感が漂う。そこまで大げさに考えなくても、なんて発言はご法度。彼女にとっては凄惨すぎる体験なのだろうから。

「その失敗談を俺に聞かせた意図は？」

「たかがゲームと侮るなかれ、学ぶべき教訓が多く散りばめられています。この『先生キャラ攻略できない問題』に秘められた、製作者からのメッセージは……ただ一つ」

んん、と。わざとらしく喉の調子を整えた沖田は、

「高校生は高校生同士で、健全に恋愛をしましょう——です」

「あ、はい」

さも美辞麗句のように言ったが、餅は餅屋という諺くらいに捻りがない。

「長くなりましたが、つまり、先ほどの質問には『わたくしを攻略対象にするのはやめた方が良い』という、アドバイスが含まれていたのですね」

「本当に長くて疲れましたし、完全に杞憂でしたね」

「おっと、手厳しい。しかし、油断は禁物です。恋物語はいつも突然に……ほら、天馬様の学校にもいたりしませんか？　二十九歳で独身の安産体形な数学教師が」

「……」

いるわけないだろ、と言い返せないのが恐ろしい。

「そうそう、別のメーカーになりますが、血の繋がった二十四歳の姉に粘着したら同じようにバッドエンドを迎えた経験があります。恐ろしいでしょう？」

「血の繋がった二十四歳に粘着する発想が恐ろしい」

「可能性を色々、探っていたのです。純粋に攻略できないパターン、一週目ではフラグが立たないパターン、はたまた他のキャラのルートから分岐するパターンなど……」

「健全な脳を侵食されそうなので、その辺にしときましょう」

知らなくて良い分野だと確信しているからこそ、天馬は耳を塞ぐ。真面目な話、あれ系のゲームに手を出さないで本当に良かった。一度のめり込んでしまったが最後、元の世界には二度と戻ってこられそうにないから。

「残念です。恋愛シミュレーションは得意分野の一つなので、今どきの高校生と親交を深めるのには、もってこいのテーマかと思ったのですが」

「そっちのジャンルには明るくないもので……というか、親交を深める目的もあったんですか、今のやり取り」

「意外でしたか？」

「かなり。今日は一日ずっと、監視されているのに近い気分だったので」

嫌われているとまでは言わないが、あまり良く思われていない気は漠然としていた。

「不快にさせたのなら謝罪します」

「いや、全然。ただ何か、気に障ることでもしちゃったのかなー、と」

「…………」

「黙るってことは大当たりでしたか⁉」

「滅相もない。単に以前から興味があっただけです。矢代天馬という一人の人間に」

理解が及ばなかった。彼女とは今日が初対面のはずだし、年上のメイドから興味を持たれるような、ギャルゲーも真っ青なフラグを建設した覚えはない。

「話が先行しすぎましたね。実は天馬様につきましては、かねがねお嬢様の口から聞き及んでおりましたもので。一方的に興味をそそられていた次第です」

「えーっと……聞くのが怖いんですか……椿木さん、どんな風に言ってました？」

「ベタ褒めです。聖人君子、男の中の男、すれ違った女が例外なく振り返る二枚目……」

「わああああああああああ！　ストップ！　やめてー！」

背中がかゆくなってきた天馬は悶える。どういうフィルターを通せばそんな風に見られるのだろう。補正が強すぎてもはや原形がなくなっている。

「あまりに褒め称えるものですから、わたくしの中のハードルは青天井だったわけです」

「……さぞかし落胆したでしょうね、実物を見て」

「はい。普通も普通、一昔前のエロゲの主人公みたいな男がやってきたのですから」

未プレイだが、褒められていないのだけはわかる。

「火のないところに煙は立たず。なんらかのトリックを確信したわたくしは、目を皿にして観察していたのですが……」

「何もなかったでしょ」

「恐れながら、この沖田の目をもってしても見抜けず」

当たり前だ。暴くべき種も仕掛けもないのは、天馬自身が一番よく知っている。

「ですから、視点を変えてみました」

「視点？」

「すると、答えは瞬時に得られたのです」

なぜだろう。バックミラー越し。今まで本当に一度も、感情らしい感情を表に出さなかった沖田が、その瞬間に満面の笑みを浮かべたような気がして、天馬は目を擦る。もちろんそれは錯覚で、実際はわかるかわからないか、薄ら目尻を下げたにすぎなかったのに。

「あのお屋敷に仕えて何年か経ちますが、初めて見たかもしれません。お嬢様があんな風に心置きなく、はしゃいでいらっしゃる姿は」

「はしゃぐ……」

そうか。彼女が天馬の前で頻繁に見せる興奮モードは、「はしゃいでいる」と表現するのが正しかったんだ、と。第三者の口から聞かされてようやく得心。

「けど、そんなに珍しいことですか？　俺のイメージではいつもあんな感じですよ」

「一見同じに見えても、その実、荷物を下ろしているかいないかの大きな違いがあるのです」

「荷物を、下ろす」

リュックもバッグも、ましてやお泊まりセットの入ったキャリーケースも、見る限り麗良は運んでおらず。つまりそれは、心にのしかかる重荷を意味する。

「家業を継ぐ使命を背負っておられる……と。一口に言うのは簡単ですが、決して楽な道のりではありません。生まれたときからずっとそうだったのでしょうから、なおのことです」

「……………」

言われて初めて気が付く辺り、天馬は浅はか。麗良の家の華やかで明るい部分、綺麗な部分しか目に入っていなかった。あるいは入れようとしなかった。

祖父が医者で、父も医者で、自分も医者になることを当然のように思われていて。そういう家に生まれて育つというのは、いったいどういう気持ちなのだろう。

浅薄な天馬は想像するしかないけれど、想像しただけでも大変なのがわかってしまう。医学部に入るだけでも大変で、入ったあとも勉強が大変で、医者に就いたあとの仕事はもちろん大変で、大病院を潰れないように経営していくのはもっと大変で。

それはどれだけ重い荷物なのだろう。ここまで来るともはや想像を超えていた。

加えて、どうしても気になっていることが一つ。

「差し出がましい質問なんですけど……」

「はい？」

「椿木さんのお父さんとお母さんって、家にいないことが多いんですか？」

「ああ、ご想像の通り、ですね。お嬢様自身、特に高校生になってからは『私のことは気にしないで』というスタンスを貫いているのもあり。一家団欒とはなかなかいきませんね」

広いけれどあまり人の温もりを感じられない。ひんやり静まり返っているようにさえ見えたのは、思い過ごしではなかった。天馬の懸念を察知したらしい沖田は、

「ご安心ください。その分、わたくしがきっちり賑やかし役を務めておりますので。退屈や寂しさを感じる暇は与えません」

「頼もしいお言葉」

胸がすくのと同時に、考えた。常に周りの人間を温かく包み込むのが麗良。陽だまりみたいな存在の彼女にさえ影の部分がある。いったい何人が知っているのだろう。

「しかしながら、口惜しい……家の外にまではわたくしの力も及びませんので。代わりに、天馬様。学校ではどうぞ、お嬢様をよろしくお願いします」

「……そうですね。俺にできることがあれば」

他にもっと相応しい人間がいる気はしていたが、口には出さなかった。沖田が麗良を大切に思っているのが強く伝わってきて、その信頼に少しでも報いたくなったから。

「でも、そっか。それでか」

「なんです？」

「いや、椿木さんと沖田さんって、お嬢様とメイドっていうよりは、なんていうか……」

「飼い主とペット？」

「違います。もっと近しい印象を受けたんです。年の離れた姉妹を自慢しているような」

「……言うほど年は離れておりませんが、そうですか、そう見えますか」

「す、スイマセン！」

デリケートな問題に踏み込んでしまったのを反省。

「しかし、その理論で言うのなら、姉はお嬢様の方……麗良お姉様ですね」

「沖田さんが妹？」

「はい。年齢も身長もわたくしが上にはなりますが、人間の完成度としては、お嬢様の方がはるかに上……本当に強いお方です。尊敬しております」

「強い、か。確かに……」

押しが強くって。芯が強くって。意志が強くって。他者を思いやる心が強くって。

実を言えば天馬も彼女の弱さを目にした瞬間は一度もない。だからこそ信じられなかった。

彼女が自ら吐露した記憶。一度は折れてしまった過去があるのを。凜華と面識がないのだから、それは沖田すら知らない麗良の一面になるのだろう。

天馬も同じ。今の強い彼女しか知らなかった。それがなぜだか無性に不安になってくる。

——自分はもしかしたら、本当の彼女を何も知らないのではないか。

「ん？」

ぶるぶる、と。ポケットの中でスマホが振動。取り出してみれば凛華からのメッセージが溜まっていた。嫌な予感がしつつもタッチすれば、

『キャリーバッグ！　駅のロッカーに置いてきちゃったじゃない！』

げんこつを食らったカエルが潰れている、悪趣味なスタンプが挟まり。

『あんたのせいだからね今すぐ取ってきなさいよ断ったら絶対に一生許さないからね？』

「…………」

静かにアプリを閉じる天馬。

やはり荷物は少ない方が良い。心も体も——それがきっと世界の共通認識だ。

三章　すれ違う想いの先に

高校生は高校生らしく同年代の間で親交を深めるべきだ、と。ギャルゲーの達人から頂戴した心温まるメッセージを、できれば実践したい天馬なのだが。

「で、私の九面待ち純正九蓮宝燈が喰いタンなんぞで流されたわけ。許せんッ!!」

「アガったら死んでたでしょそれ」

現実は理想と真逆。椅子に座って尊大に脚組みするのは一回り年上の数学教師。

四時限目の終了後。提出された課題のノートを、日直だからという理由だけで職員室まで運ぶのを手伝わされ、終わったら終わったで妙な雑談に付き合わされる現在。

好感度を上げた覚えも、ましてや攻略のために粘着ストーキングした覚えもないのに、なぜかどうやら相沢真琴は天馬を気に入っているらしい。すでに昼休みに突入しているのに、解放してくれる気配はない。

時間外労働手当など期待できるはずもなかったため仕方なく、彼女の穿くパンストのデニール数を脳内で予想するミニゲームによって時間を潰していたのだが、そもそも答え合わせをする手段を持たないことに気付いてがっかりする、そんなとき。

「……あ、そうそう。本題をやっと思い出した」

「あったんですね、本題」

「そろそろテコ入れが必要だと思うんだよな、うん」

「……メリハリのない退屈な人生に、ですか？」

「誰の人生を言っているのかは知らないが、そうじゃなく。生徒会だよ、生徒会！」

「生徒会？　どうして急に。あなたが顧問じゃあるまいし」

「いやいや顧問なんだってば！　時間差の天丼……？　え、マジなのか⁉」

忘れるはずはないのだが、いちいちリアクションしてくれる真琴が面白くて、無性にボケたくなる天馬。ツッコミ役ばかりだと心身を病むので、たまには息抜きが必要なのだ。

「大体、生徒会にテコ入れという概念が必要あります？」

打ち切りの候補に挙がった週刊連載じゃなかろうに。

「ある、ある。今の生徒会長……三年の田中ってやつなんだが、お前、知ってるか？」

「知ってはいますけど……」

行事や式典の際にちょいちょい登壇していたので顔は何度も見ている、はずなのだが。その輪郭は曖昧模糊、モンタージュ写真の合成には協力できそうもない。

「あまり印象にはありませんね」

「だろう？　この田中ってやつが、悪い人間ではないんだけど、とにかく存在感が薄い、求心力も影響力も皆無な男……悪い人間ではないけど」

「くそみそに貶すじゃないですか」

「お前も会えばわかるよ。あ、悪い人間ではないぞ？」

その部分をやたら繰り返すのはおそらく、他に特筆する要素がないから。

しかし、地味だけど実直。それの何がいけない。下手な人気取りや保身に走らない、庶民派の生徒会長がいても一向に構わないと天馬は思うし。

「そこら辺は副会長の椿木さんがいるから、安心なんじゃないですか？」

むしろ補って余りある。彼女一人いるだけで教室のルクス値が上昇するほどなのだから。

「そう！　それが逆に一番の問題なんだよ！」

良い質問をしてくれた、とばかりに膝を叩いて見せる真琴。

「いざとなったら椿木女史に任せれば良いって……なんだろう、いわば便利な猫型ロボット扱い。ツバえもん？　田中に限らず、生徒会全体に他力本願な雰囲気が漂っていて。誰が本物の会長かわからない状況が続いているんだな」

「なる、ほど」

容易に想像できる。麗良の出した意見に『いいね！』と乗っかるメンバー。いつの間にか会長に代わり司会進行する麗良。そのまま円滑に進んでいく会議。なまじ個人の能力が高いばかりに生じる逆転現象だった。

「で、順当に行けば椿木女史が名実共に会長だろ。それは大いに結構だが……」

「いや、当選確実とは限らないでしょう。辰巳もいますし」

名前を聞くのも嫌だったのか、「あんなやつは知らん」ときっぱり撥ね付けた真琴。

「少なくとも、広報委員の世論調査によれば椿木女史が優勢だぞ」

「絶対に非公式でしょそれ……あの広報委員め」

天馬は調査なんぞ受けた覚えはないし、どこまで信憑性があるのやら。

「なんだ、しけた面して。矢代の戦略が上手くはまった証拠なんだから、素直に喜んどけ」

「戦略？」

「しらばっくれなくてもいいっての。一般層から人気がある椿木女史と、一部の熱狂的な支持者が多い皇だと、ファン層が全く異なるからな。その両方から票を集められれば、勝ったも同然……そういう狙いだったんだろ。策士めこんにゃろ～」

諸葛孔明みたいな扱いを受けているが、もちろんそんな狙いはない。凛華の恋を応援する過程で生まれた思わぬ副産物。

「とにもかくにも、だ。椿木女史が会長になるのは私としても大満足、なるべくしてなる人材だと思うが。彼女一人に頼りすぎるのは感心しない……」

「あの、話の腰を折ってすみませんけど。その椿木『女史』って呼び方はいったい？」

何気にずっと前から気になっていた。ジェンダー云々騒がれるようになった昨今、さっぱり聞かなくなった敬称を真琴は用いるのだから。

「そりゃお前、最大限の敬意を払っているからに決まってるだろ」

「教師が生徒に？」

「すごいんだぞ、あいつは。本当なら適宜にクラスの連中の誰かに任せる雑務関連、ぜーんぶ『私がやります』って一人で引き受けちまうんだから」

「そうなんですか？」

「おう。選択科目の希望の集計とか、進路調査票の回収、急な移動教室とかの伝達、共同募金の集金、教室内の備品の整理だったり、チョークの補充だったり、その他もろもろ」

「………」

そういえば、一年のときはホームルームで定期的にそれらの雑用係を決めるジャンケン大会が開かれ、勝った負けたの悲喜こもごも。険悪なムードになったことも一度や二度ではなかったのだが、二年になってからはそのような煩わしさを一切感じていない。

「私はもちろん楽できて助かるし、椿木女史の爪の垢を煎じて飲みたいくらいだがな。少し頑張りすぎやしませんかと、心配になったりもするわけだ」

隙あらばニコチン摂取に命を懸けるサボり魔ですら、麗良には頭が上がらない様子。

天馬も似たような不安を抱いていた。彼女はいったい、いつ寝ているのだろう。精神と時の部屋でも使っているのか。常人と一線を画すのは、その苦労をおくびにも出さない点。恩を売るでも、鼻にかけるでもない。純粋な意味での献身。

「だからお前が言ってやれよ。不真面目な担任を少しは見習えーってな具合にさ」

「それは是非ご自分の口で」

「とっくの昔に言ったけどな。『ご心配ありがとうございます』でニッコリよ」

意外にも教職者らしい思考回路をしている真琴に驚かされる。若干、見直した。

「ありゃあ実は相当の頑固者で石頭だな」

的を射た評価だと思う。一見すると柔らかくて意志が弱そうに映る麗良だったが、実際はこれと決めたら譲らない強さをそこかしこで発揮してくる。

「彼氏になる男はさぞかし手を焼くだろううよ。ま、その点は矢代ならモーマンタイか」

「もおま………なんて？」

「通じねえのかよ、ジェネレーションギャップえぐいな……問題ナシ、大丈夫っつーこと！」

「あー、えっと、すいません。全体的に、つまりどういう？」

「お似合いだよ、お前ら。矢代は好きだろ？　ああいう面倒臭い女に振り回されるの」

「……」

人を好き者みたいに扱わないでください、と。否定できないのがもどかしい。皇凛華という面倒臭いこと極まりない女に、好き好んで関わっているのが天馬だったから。

「ちなみに私も頑なさで言えば、そんじょそこらの小娘どもには引けを取らんぞ」

一家言あるのか、ふふん、と自慢げに鼻を擦る真琴。

「なにせ未だに喫煙しているくらいだからな。八百円になってもやめねえから見とけよッ!!」

「意地になってません?」

「ったりめえだ、こんちくしょう。臭いが残っていると子供に悪影響が出ますとか散々言われてるけどな。こちとらその点には細心の注意を払ってんだから、誰にも文句は言わせんぞ」

「そういえば……ヘビースモーカーの割に臭くはないですよね、先生って」

「だろ~? だろだろ? うがいしてブレスケア飲んで服はファブって髪には消臭スプレーよ」

「タバコ代より高くついてそう」

よほど嬉しかったのか、気持ち悪い猫なで声を出した真琴は、おもむろに立ち上がると「もっと褒めて?」とでも言いたげに頭を差し出してくる。童顔ロリ声の教師だったらギリ許容範囲だったろうが、目の前の彼女は成熟した大人の色香でハスキーボイスを発しており。

正直、かなりきつかった。

「どうした、もっと近くで嗅いでみろって?」

「嫌です。やめて。来ないで」

「遠慮するなって、ほらほら」

「これは遠慮じゃなくて本気の拒否です！」

「今ならどさくさに紛れておっぱい触っても許すぞ」

「そんなことになったら一生のトラウマ……やめっ……ヤメロォー！」

男として、高校生として、大切な何かを失う予感がした天馬は全力で叫ぶのだが、周りの教員は「また始まった」「いつものだな」という呆れた一瞥をくれるだけで無関心。

さらば、俺の青春。骨だけは誰か拾ってくれと思っていた最中、

「なーにイチャついてるんだい、君たち？」

天馬の体がぐいっと後ろに引っ張られるのと同時に、伸びてきた掌底が真琴の額にあてがわれブロック。絶体絶命のピンチは辛くも脱する。

「お、お前は……!?」

ここで会ったが百年目とでも言いたげな真琴の視線をたどれば、甘いマスクの男が見下ろしてくる。若干デジャブを感じるタイミングでカットインしてきたのは辰巳竜司。

「真琴ちゃんさぁ……飢えた狼に変貌するのは満月の夜くらいにしときなよ」

「人を欲求不満みたいに言うな。これは単なるスキンシップだ！」

「ふーん、そう。天馬はノーサンキューみたいだし、代わりに俺がお相手しようか？」

こいつすげえな、と。天馬は内心で度肝を抜かれていた。相手は真琴だ。普通の生徒なら物怖じしたり、ペースを乱されたりするはずなのに、逆に手玉に取るなんて。

「……あー、やだやだ、ホントに白ける」

案の定、まともに相手をする方が不利だと判断したらしい真琴(まこと)は、

「私はイケメンとバスケ部とのっぽが、この世でワースト3に嫌いなんだ。じゃあな」

背中を向けてつかつか歩いていってしまった。天馬(てんま)の中で彼のあだ名が『相沢真琴(あいざわまこと)撃退スプレー』に決まった瞬間だったが、途端に辰巳(たつみ)は、「ハァ～」と元気をなくしたようにため息をついてしまう。悩ましげな横顔すら絵になるのだからずるい。

「…………」

「……あの、辰巳(たつみ)？」

「竜司(りゅうじ)で良(い)いって」

天馬(てんま)は現在進行形で肩をがっちりつかまれており、生娘のように肩をすぼめる。

「君って、これから暇だったりするかい？」

「え？　ああ、うん、はい」

本音ではお腹(なか)が空(す)いたので弁当を食べに戻りたかったが、

「なら良かった。ちょっと来てもらおうかな」

辰巳(たつみ)がやけにシリアスなムードを醸(かも)し出していたのと、助けてもらった恩義もあるので、付き合うことにした。

「どこに行くんだ？」

「生徒会室だね」

「……なんでさ？」

「着けばわかるとも」

ずんずん歩いていく辰巳のあとを追う。顔見知りと思しき男子が「よ」「うっす」と挨拶してきたり、後輩の女子が「わっ、辰巳先輩だ」「良いよね」「良い……」ひそひそ話に花を咲かせていたり。道中はなかなか新鮮な映像を拝ませてもらった。

閑散としている廊下の奥、目的地の生徒会室はドアが開きっぱなしになっていた。中に入るのかと思った天馬は「いてっ」急に足を止めた辰巳の大きな背中に衝突。

「ストップ。ここでいい」

どうしてだ、と疑問を呈する天馬を制するように、唇の前で人差し指を立てた男。長くて形も整った指。先ほどキャーキャー騒いでいた女子が食らったら、間違いなく卒倒ものの色気だな、とか考えていたら。

「本当にすまない、椿木」

「謝らないでくださいよ」

中から聞こえてきた男女の声。片方は聞き慣れており、すぐに麗良だとわかった。顔は見えないが、もう一人は誰だろう。麗良を呼び捨てにしている辺り上級生だろうか。

「現在のメンバーでは最後の集まりかもしれないっていうのに、今日もお前以外は欠席……生徒会長の俺に人望がないばかりに、情けない有り様だ」

申し訳なさそうに言う彼が現生徒会長であることを、本人の言葉で知る。

「とんでもない。田中先輩には本当にお世話になって。私も沢山ご教授いただきましたから。皆さんもきっと感謝しているはずです」

「馬鹿を言うな。教えてもらったのは俺の方だろ。君にはずっと助けられてばかりで」

「いえ。不慣れな私にも丁寧にご指導いただいて、感謝しかありません。田中先輩が会長で良かったです。長い間、お疲れさまでした」

「はは……敵わないな、本当に。お前が指揮する次期生徒会執行部が、今から楽しみだよ」

「気が早いですって」

「何を言う。椿木なら絶対に…………」

どうやら会話から察するに、簡素な送別会のようなもの。引継ぎにはまだ早いだろうが、その前に現在の面子で会長を労おうという集まりらしいのだが。

――椿木さんしか来てないの？

前に聞かされた通り庶務の天馬は扱いが特殊なため、招集はかかっていない（そもそも田中とは面識すらない）のだが、他の役員にはきちんと連絡が入っているはず。

麗良の言う通り、それなり以上にお世話になっているはずだろうに、堂々と欠席とは。顔も見えない彼らに対して、言いようのない不信感を天馬が募らせていると、

「……そろそろいいかな」

壁にもたれていた辰巳が動き出す。最初から立ち聞きだけが目的だったようだ。

無言の彼を追いかけながらも、わざわざ連れてこられた意味が天馬にはわからず。おまけに少し前から抱いている疑念が、確信に変わりつつあったため、

「なあ……お前、なんか怒ってる？」

渡り廊下に差し掛かった辺りで、我慢できずに聞いてみる。

感情の機微に疎い天馬でさえ察するほど。職員室で真琴との間に割り込んできてから、ここまでずっと、辰巳からは不機嫌のオーラが漂い続けていた。

「気のせいじゃないかな？」

「嘘つけ」

立ち止まった彼の瞳は泥水のように濁っており、明らかな不満を宿しているのだった。

「ただ、随分余裕があるんだと思ってね」

「はい？」

「世論調査がどうとか、すでに勝ったつもりでいるみたいだからな」

「ああ……そういう怒りだったのね」

真琴との雑談を耳にし、自分の敗北を前提に話されているのが気に食わなかった、と。思いの外、負けず嫌い。スポーツマンだから当然か。

「だから一発、現実ってやつを突き付けてやったんだが。どうだい？」

無論、ついさっき聞かされた生徒会長と麗良の会話を指しているのだろうが。

「馬鹿にも答えられる質問に変えてくれるか？」

「君はどう感じたかな。あの体たらくを前にして」

「どうって……まあ、良い気はしなかったな。お通夜みたいだったし」

内輪の事情はわからないけれど、それでも、とてもじゃないが健全な運営がなされているとは考えられない。

「火を見るよりも明らかだ。今の生徒会執行部は一人のカリスマ……麗良ちゃんの威光によって、かろうじて成り立っている泥船にすぎない」

「……そこまで言うのか？」

「目を背けても現実は変わらないだろ」

辰巳の言う通り、遅かれ早かれ顕在化しそう。なんでもできてしまう天才が一人いることにより、今は表面化していないが。そもそも構成員の資質に難を抱えている。

「俺ならこの状況を放置しない。やる気も気概も感じられない、内申評価の点数稼ぎで入っただけの輩には、大人しく辞めてもらった方が世のためだよ」

「それをわかっていて、なおかつ実行できる自分の方が、生徒会長には相応しいと？」

「理解が早くて助かるね」

彼の言い分は、正しい。おそらくどこまでも正しい。

天馬にすら一瞬で見透かせてしまう改善点を、麗良が認識していないはずがない。問題は実行力にあった。優しい彼女が他人の首を切るような改革を望むとは思えず、

「その方が、麗良ちゃん自身のためにもなるんじゃないのかい？　真にあの娘のことを思うのなら、ときには心を鬼にするべきだ」

だから辰巳は言うのだ。俺が代わりにやってやる、と。かっこいいやつだと思った。

剛毅果断――しっかりした意志を持ち、決断できる。天馬とは比べるのもおこがましい。

凛華も似たような性質を持っているからこそ、わかる。麗良の隣に相応しい男がいるとすればたぶん彼のような人間。虎と並び立つ竜のように気高き存在なのだと。

「辰巳。お前が生徒会長になりたい理由って？」

「それは……」

質問しながら、天馬の中で答えは出ていた。思いを寄せるはずの麗良と、なぜわざわざ競い合うのか。それは彼なりの気遣いであり、なおかつ猛烈な自己アピール。

「生徒会長に当選できれば、さすがの彼女も俺を認めざるを得ないと思ったから。眼中に入れざるを得ないと、思ったから」

躊躇いなく、己の気持ちを噛み締めるように語った辰巳。自分を打ち負かして会長に当選したともなれば、麗良も必ず彼を意識する。ただの友人以上に。

「まあ、それと……生徒会に入れば必然的に、彼女と時間を共有する機会も増えるだろ」

「今の俺みたいに？」

「わかってて聞いたな？」

「本当に好きなんだ」

「今さらだろ。意外と良い性格してるんだな、天馬って」

「そういう辰巳は可愛いところもある」

「うるさい。竜司って呼べ、いい加減に」

辰巳が拗ねたように笑うから、天馬もつられて笑ってしまった。敵ながら天晴。辰巳竜司という人間をどんどん好きになっていく。

改めて思い知った。結局、プレイヤーは彼なのだ。天馬は蚊帳の外。元より一生変わらない事実なのに。なぜだろう。羨ましいのか、悔しいのか、そんなはずは絶対ないけれど。

胸の奥につかえる何かを感じるのは、初めての経験だった。

彼女のためを思うなら、ときには心を鬼にするべきではないのか。

△

ない頭を絞って考えたおかげで、午後は何の授業を受けたのかすら記憶にない。
空しいまま放課後を迎え、声をかけようか悩んでいるうちに麗良は姿を消していた。仕方なく日直の仕事を一通り済ませてから、彼女の幻影を追い求めるように、天馬は一人ふらふらと生徒会室までやってきていた。

「いつもここにいるとは限らないよな……」

スマホという文明の利器を手にしているとは思えない行動を猛省しながら、引き戸を少しだけ開けて覗き込めば。

「……おっ？」

なんという僥倖、思い描いていた金色の御髪が目に留まった。しかし、副会長の席に座っている彼女の表情を、現在のアングルから視認することはできない。それの意味するところは理解していたので、天馬はゆっくり音が立たないようにドアを開ける。

そろりと中に入ってもやはり、テーブルに突っ伏した麗良は動きを見せず。案の定、スースー小さな寝息を立てている。なんというか、ツチノコでも発見したような感覚。いつ寝ているのかわからない麗良の寝ているシーンなのだから。

抜き足、差し足、忍び足。細心の注意を払いながら距離を詰めていき、たっぷり一分はかけてようやく彼女の隣に腰を下ろす。自分はいったい何をやっているんだろうと思いつつ、いやいや、きっとお疲れになっているのだから起こしたら悪い、当然の気配りだ、という誰に向けたかもわからない言い訳が浮かんでは消える。

窓の外には緑の葉を付けた桜の木。五月の中旬。日も大分、長くなった。生徒会室はグラウンドと反対方向に位置しているため、部活動の声は微かにも届かず。聞こえるのは空気清浄機のわずかな稼働音だけ。

「……んんっ」

吐息と共に漏れ出した声。無意識ゆえに艶めかしいそれに目を遣れば、もぞもぞ肩を動かした麗良の顔が横向きに変わる。ちょうど天馬を見つめるような角度だが、まぶたは閉じられていて青い瞳は確認できない。代わりに伏せたまつ毛が金色に光っている。

口紅を塗ったわけでもないのに鮮やかなピンクの唇が目に留まり、ドキドキしてしまうのは男の性。まんま眠れる森の美女で、王子ならずともキスしたくなる寝顔だった。煩悩を増幅させないように麗良から視線を外す。

テーブルには未開封の小さな缶が一つ。彼女の肘が当たって落とさないか心配だったので、こっそり安全な位置にずらしておく。ついでにラベルを確認。特徴的な黄色い見た目からてっきり、甘ったるさマックスで有名な例のコーヒーだと思っていたら。

「……うっ」

ドリンクタイプの某バランス栄養食品だった。フルーツミックス味。ドラッグストアに置いてあったのを興味本位で買ったはいいが、飲み干すのに苦労した経験が天馬にはあった。思い出しただけで軽くえずきそうになる、良く言えば独特なフレーバー。

死滅した彼女の味蕾に思いを馳せつつも、天馬はようやく気が付いた。机上に重なる見慣れない問題集や参考書の存在を。学校指定の物ではない。大手予備校の出版で、理系数学のなんたらというタイトルが多かった。付箋の貼ってあるページを試しに開いてみる。

「習ってない範囲も当然やってるんだなー」

学校のテストで一位になっていれば良いとか、先生に言われた通りにやっているだけで夢が叶うような、容易い次元ではないのだろう。むしろそれは当たり前の大前提にあって、プラスアルファをこなさいといけない、はずなのに。

問題集も参考書も、実際は閉じられたまま。広げられているのは予算案や委員会の資料、生徒会の仕事に関連するファイルばかりだった。自分よりも他人をいつも優先。それは素晴らしいことだ。褒められるべきで、貶される要素なんて一ミリもない。

だからこそ天馬は全身全霊、ありったけの労わりを込めて、気持ちを言葉に変える。

「頑張ってるね、椿木さん。偉いよ、本当に……」

思わず頭を撫でようと伸ばしてしまった手を、慌てて引っ込める。馬鹿野郎。そういうのは好きな相手にされるから嬉しいのであって、どうでもいい男にされても不快なだけ。

大体、何を偉そうに頑張ってるね、だ。褒めている暇があったらお前も少しは頑張れ。よく口にできたものだ。今さらになって最高潮に恥ずかしい。

誰かに聞かれていたら間違いなく大惨事。赤面では済まされない。床に転がってのたうち回った挙句に、来世に懸けて窓から飛び降りるレベル。

麗良が熟睡中で助かったぜ、と天馬は息をつくのだが。

「…………ん？」

奇妙な感覚。リアルの世界で間違い探しをさせられているような。さっきまでと何ら変わらないはずの風景に、しかし、異なる箇所。浮き彫りになっている部分を見つけてしまう。

それは、きめ細やかな麗良の肌。耳の下から、ほんのり脈打つ首筋にかけて。果たしていつからなのだろう。触らなくても熱が伝わってきそうなほど、鮮明な緋色に染まっており。

「…………」

「あの、椿木さん？」

「…………っ」

「もしかして、起きていらっしゃいます？」

答える代わりに、あはは、と。麗良の口元から笑いがこぼれる。

――嘘、だろ？

むくりと頭を上げた麗良は、流し目を天馬に向けた。眠気が混じっているせいか、それは普段の彼女が見せるどんな瞳よりも官能的。男の情欲を逆撫でしている自覚もない少女は、舌を見せるおどけた仕草でさらに揺さぶりをかけてくる。

「バレちゃいましたか……もう少し、聞いていたかったんですけどね」

「もう少し、ですと？」

それはつまり、声をかけるよりかなり前から覚醒していたという、自供に他ならず。

「参考までに……どこら辺から？」

「ええっと〜……『習っていない範囲もやってるんだなー』の声で、起きまして」

「ほう」

「目を開けるタイミングを見計らっていましたら、お褒めの言葉をいただきまして。思わず体温が急上昇するほどに、嬉しくなってしまった所存です……申し訳ありません」

謝りつつも麗良は弾けるような笑顔を咲かせ、むずがゆそうに全身を震わせている。実に愉快そう。一世一代のネタにより、天馬は彼女の笑いを引き出すことに成功。名誉の芸人ではあったが、失った代償はあまりに大きく。

「そっか、そっか、そうだったのか、なるほどねー……」

うわ言のように漏らしながらも、体はひとりでに立ち上がり、気が付けば壁際の大きなロッ

カーに両手をついていた天馬は、

「すぅ〜……ハァ〜……すぅ〜〜……」

「矢代、くん？」

瓦割りに挑戦する空手家が如く、丹田に神経を集中させての腹式呼吸。

そして、直後。

「ヌンッ!!」

「矢代くん!?」

ガァン！　頭蓋骨と金属が奏でるフリースタイルの音色に、少女の悲鳴がアクセント。割ろうとしたのは瓦ではなく己の頭だったわけだが、さすがに素人には難しかったらしい。

「……あれっ？」

裏返った目玉の裏で星が二、三個、舞い散っただけ。頭は割れそうに痛かったが割れてはおらず、記憶も飛ばず、気絶すらしていない。本当にただ痛いだけの骨折り損だったので、賢明な諸君は絶対に真似しないで欲しい。

「あぁ〜……痛いの痛いの、どこかに飛んでいってください……お願いしますぅ〜……」

涙目になっている麗良から、優しくおでこをさすられる。やけにひんやりしているように感じるのはたぶん、天馬の額が物理的に熱を帯びているから。

「これ、絶対あとでこぶになるやつですよ……もう、いったい何を考えてるんです！」

「何って……俺はただ、来世ではダイオウグソクムシに生まれ変わって深海のごみを一つ残らず掃除してやりたいなーと思っただけで……」

「しっかりしてください！」

ぷん、ぷん、ぷん！　と、眉をこんなに吊り上げている麗良は初めて見たかもしれない。真剣な怒りが伝わってきたため、天馬も正気に戻らざるを得ず。

「ごめん、びっくりさせて……ただ、一つ切実なお願いがあるんだけど、いい？」

「はいはい、お聞きしますよ」

「わたくしが先ほど口走った戯言につきましては、どうか口外無用で……」

記憶の消去とか上書き保存とか、便利な魔法がこの世に存在しないのは痛いほどわかっていたので、極めて現実的な交渉を持ち掛ける。

「言われなくても……誰かに教えたりはしませんよ」

「ありがとう」

どうにかこうにか命拾いした天馬は、アドレナリンが薄れてきたせいだろうか、痛みをより鮮明に感じて今さらくらくらしていたため、

「……もったいないですから、私の心の奥だけに、大切にしまっておきます」

恥じらうように微笑んだ麗良の台詞は聞き逃してしまう。

「というか、もしかして私に何か御用でしたか？」

「あー、いや、用ってほどじゃなく……」

「ほどじゃなく？」

我ながら煮え切らない態度。何を言いたいのかすらまとまっていないのだから、当然。天馬は仕方なく、目に留まった問題集や参考書に糸口を求める。

「随分と難しそうなの解いてるんだね、それ」

「ああ、見つかっちゃいましたか。お恥ずかしい」

ばつが悪そうな麗良はそれらを鞄にしまい始める。

「個人的に受ける模試が近いので、そろそろ本格的に準備したいと思っているんですが……駄目ですね、全然。こんなに分厚いとなんだか、持ってくるだけで満足してしまって」

「大変だね。でも、それなら生徒会の仕事とかは、別の人にやってもらったら？」

「いえいえ！　お手間は取らせません。平日は部活に勉強、学校行事に、休日はお友達と遊んだり……好きな人と一緒に、過ごしたり。高校生は大忙しですからね」

「またそれか……」

「うん？」

おかしな発言をしている自覚がまるでない麗良。彼女も歴とした女子高生のはずなのに、自分は二の次三の次で、頭数に入れていない。天馬にはしっかり彼女の姿が見えているのに、本人には見えていない。視界に入れようともしない。一人で荷物を抱え込もうとする。

「俺にも手伝えること、何かあれば良いんだけど………ない、かな。ハハハハ……」

言葉尻が弱々しいのは、自分がいるせいで仕事も手につかないと、以前にはっきり言われていたため。もしかすればこの場から消えるのが天馬にできる最善なのかも。

「あ、でしたら、お願いが一つ……良いですか？」

「もちろん。なんでも言って」

幸いにも戦力外通告は受けずに済み。俄然やる気が出てきた天馬。ファイリングか、エクセルの入力作業か、あるいは肉体労働でも一向に構わない。何を命じられても粉骨砕身で取り組む腹積もりだったが、ご命令はすぐには下らず。

「これを、もう少し、こっちに持ってきて………」

上司の鑑、自ら率先して動いた麗良は「よしっ」やがて小さなガッツポーズ。

二つのパイプ椅子が、なぜかぴったり寄せ合わされていた。その片方に腰掛けた彼女は、

「こちらに、どうぞ～」

ぽんぽん、と。隣の席を優しく叩いて見せる。言わずもがな、座れという指示。意図は不明だったが、どんな指令にも従う気でいた天馬は思考停止でそこに腰を下ろす。

「これで、よろしかった？」

「大変よろしいです♪」

ご満悦そうに微笑んだ少女。当然、距離が近い。もう少しで肩と肩が触れ合いそう。気恥ず

かしいことこの上なかったし、万が一にも間違いがあってはいけない。椅子ごと横にスライドしようとする天馬だったが、しかし、それを許さなかったのは麗良。

「……あのぉ、椿木、さん」

「はい？」

「あなたはいったい、何をしておられるのでしょうか」

「あ、すみません。さっきみたいな寝方だと、どうしても机が硬くて安眠できませんし。腕が痺れたり顔にあとがついたり、起きてからも散々ですので……こうするのが一番かな〜、と」

「理に適って、おられるね……」

もはや触れ合いそうな距離ではなく、完全に触れ合っている二人。

不可抗力ではなく、麗良の方から積極的に寄り添ってきている結果だった。肩にもたれるというより、天馬からすれば抱きつかれている感覚に近い。女の子の体って、どうしてこんなにも柔らかいのだろう。

「……今になって白状しますけど。私、羨ましかったんですよ」

「羨ましい？」

「この前の動物園。帰りのモノレールで、凛華ちゃんが同じように肩を借りていましたよね。ああいうの、すごく良いな〜って」

「へぇー……」

一瞬ドキッとしたが、履き違えてはいけない。女子高生らしく、あくまで青春っぽいシチュエーションに憧れているだけであり、天馬個人がどうこうの話ではない。

彼女の頭頂部から漂ってくる香しい匂いを、無闇に嗅いではいけない気がして天井を仰ぎ見る現在。上手く回ってくれない頭を、必死に鞭打って動かす天馬。

「で、でも、お疲れならベッドでしっかり寝た方が良いんじゃ？」

「……いえ、実はこのあと、吹奏楽部で指揮やら演奏やら、いろいろ頼まれておりまして……これはあくまで仮眠……だから、十分だけ。十分経ったら、起こしてもらえれば……」

言いながらすでに麗良はうつらうつら。よほど疲れが溜まっているのだろう。なおのこと家に帰ってゆっくり眠るべきに思える。

ある意味、必然。真琴や辰巳が、麗良を心配するのも。そして、口には出していないがきっと、あの女——凛華も同じ懸念を抱いている。誰よりも心配しているはずであり。お嬢様をよろしくお願いします、と。メイドの沖田から頼まれていた件も思い出したので。

「あのね、椿木さん」

もやもやした感情を、不器用なりに伝えてみようかと思ったのだが。すでに隣の少女は静かに寝息を立てており。

「心配、だよな……」

向けるべき相手を失った言葉の代わりに、天馬は虚しく独り言つ。

視線をゆっくり下げると、テーブルの上には黄色い悪魔……ではなく、バランス栄養ドリンクが一つ鎮座。瞬時の栄養補給に最適と評されるその缶が、麗良の家の冷蔵庫にぎっしりストックされている映像を、なぜか無意識に想像してしまい。

「余計に心配だ……」

せめてゼリータイプにすればいいのに。今度、勧めてみよう。

△

吹奏楽部の助っ人に向かった麗良に代わり、生徒会室の片付けと戸締りを行った天馬。

「鍵の返却完了、と……」

事務室から出ると、窓から差し込む陽光が傾いているのを実感した。

帰宅部の天馬がこの時間帯まで学校に残っているのは稀有。体育館や武道場の活気は部活に励む生徒たちで最盛期を迎えているのだろうが、職員室や事務室しか存在しない一階の廊下は人の気配がなく、役目を終えたように静まり返っている。

教室に戻って荷物を回収したら帰ろうと、思っていたとき。

「おっ？」

二階へ通じる階段の踊り場に人影を発見。身長差のあるシルエットが二つ。大きい方の顔には見覚えがあった。某アイドル事務所に所属していても遜色ないイケメン。練習の途中で抜け出してきたのか、ハーフパンツに黒いスパッツ、ＮＢＡチームのロゴが入ったＴシャツというバスケ部らしい格好。

――辰巳、だよな？

こんなところで何をしているんだろうと思いつつも、天馬が声をかけずに曲がり角の陰から様子をうかがっているのは、取り込み中の雰囲気を察知したから。

会話の内容までは聞こえないが、具合悪そうに頭をかいている辰巳が何事かを発し、それに対してジャージ姿の女子生徒が必死に食い下がっている。これ以上は無駄だと告げるようにはっきり首を振った男の胸へ、次の瞬間に飛び込んだのが彼女。

辰巳は慌てる素振りもなく、震える小さな肩に触れながら耳元で何かを囁いた。それが決定打となったのか、ゆっくり離れた女子は二度も三度も頭を下げてから、早足で階段を駆け下りてくる。つまりはこちらに向かってきた。

「……やべっ」

驚いた天馬は壁に背中を貼り付ける。隠れ身の術にすらなっていなかったが、脇目も振らずに駆けていった女の子に存在を気取られる心配はなく。ただ、通り過ぎていった彼女の瞳に光る何かを見つけてしまったことに、言いようのない罪悪感を覚えていたら。

「覗き見は感心しないなぁ」

「わあっ！」

肩に大きな手が置かれて心臓が跳ね上がる。俊足で飛び退った天馬を見て、

「おっ、いい動きするじゃん。バスケットは好きですか？」

ニヤニヤしながら聞いてくる辰巳。本気で怒ってはいないらしいので天馬は安堵。

「悪いな……スポーツマンじゃないんで」

「おいおい、嘘でも大好きって言えよ、一回目はさ」

「可愛い後輩マネージャーとかに言われたら考える」

「なるほど……しかし、その可愛い後輩マネージャーからの告白をあっさり断ってしまう俺って、冷静に考えるとすごいフラグブレイカー。主人公にはなれないタイプだよな」

「それって、お前……」

自慢に聞こえるが、自慢ではない。面倒だから質問される前に答えたパターン。

「……マネージャーってことは、仲が良い？」

「人並みには。最近やけに積極的だから、そろそろ来るとは思っていたんだけどね」

「動じてない理由はそれか」

「ま、最後の抱きつきはさすがに予想外だったけど」

天馬にはまるでそうは見えない、余裕で大人の対応をしているように思えて。

「なんて言われてたんだ？」

我ながら明け透けに尋ねてしまった。妙に馴れ馴れしい辰巳の性格に毒されたせいだ。思った通り、彼が不快感を露わにすることはなく。

「ん？　いや、他に好きな人がいるから付き合えないって、月並みな理由で断ったら、その人の名前を教えて欲しいとか散々粘られてしまい」

「どうしてそこにこだわる？」

「『私もその人みたいになれるように頑張りますから』だってさ」

参ったね、とうそぶいているが、おそらく本心で困っていたのだろう。辰巳が嫌なやつではないのは、知り合ったばかりの天馬ですらわかってしまうから。どうすれば彼女を傷付けずに済むのか、悩んだに違いない。

「大変だったな」

「ホントに。二年になってからはまだ三人目だけど、いくら経験しても慣れないね」

もう三人、の間違いだろう。さらりとプレイボーイな面を見せつけられたが、羨ましいかどうかは微妙なところ。断るたびに心がすり減っていきそうだったから。

「まあ、こういうのは最終的に小細工なし！　本音で真摯に向き合うしかないのさ」

「最後の囁きがそれか？」

「ご明察の通り……『今のままの君を好きになってくれる人が、必ずどこかにいるよ』って、ひどいことを言ったのかな、俺は」

「……ふざけんなよ、馬鹿」

ひどいわけがなかった。そんなかっこよすぎる台詞、天馬からは一生出てこないのに。当の本人は「ふざけてるよな。うん、わかってる」と別方向に納得しており。

「正直に名前を教えるのが一番なのはわかっているんだけど……中学のときにそれをやったら、なぜか次の日にはクラスの全員が俺の好きな人を知っていて」

「最低だな、その女」

「いやいやいや、俺は一向に構わないんだけど、それきっかけで女子のグループ内がしばらく険悪になっちゃって。ああいうのは二度と見たくないね、うん」

「自分よりも他人が優先か。お前も……」

「お前も？」

何もわかっていない顔まで一緒。まるで男版の麗良みたいだな、と。最初に抱いていたイメージは正しかった。そしてもう一つ、イケメンは概して心に余裕があるという、天馬が昔から提唱する説も立証された。余裕があるからこそ人に優しくなれる。ひねくれていない。

「…………」

「どうした、急に黙り込んで」

「……もしかしたら、さ」

「うん？」

「思ったんだ。俺……出会い方が少しでも違っていたら、お前とは、良い友達になれたんじゃないかって」

もしも。もしも、だ。蝶の羽ばたき一つだけの小さな変化で構わない、異なる運命をたどっていたのならば、天馬は彼の恋を応援していたのかもしれない。無数の可能性の中に、そういう世界線も存在していたのかもしれないけれど。

天馬が生きるのは現実だから、仮定の話はここで終わり。麗良をこの世で一番愛しているのは凛華だと、信じたかった。本来そこに優劣なんて存在しないのはわかっていても、譲れなかった。優劣はなくても一人を選ばないといけないのが恋愛だから。やっぱり、恋をするのって苦しい。残酷だ。当事者でない天馬ですら、こんなに胸が痛くなる。

「今この瞬間も、天馬とは良い友達だって俺は思っているけどな」

「やめろっての、マジで」

泣けてきた。こいつ、どこまで男前なら気が済むのだろう。

頼むからお前のことを嫌いにならせてくれと、懇願せずにはいられなかった。

△

辰巳竜司が内面的にもイケメンだと発覚してしまった、翌日。

微妙に気勢を殺がれた気分の天馬だったが、それでも学校生活はいつも通りに進み。

四時限目は体育。胃袋が空になる時間帯にわざわざ運動させる効率の悪いカリキュラムに、当初は不満を禁じ得なかったが。二年生になって一か月余り、慣れという人間に備わった便利な機能により、すでに何も感じなくなっていた。

天馬の選択球技はバスケ。特に好きなわけではなく、外は汚れそうで嫌だったから。屋内だと他に卓球やバドミントンもあるが、個性を消しやすい団体競技の方がベター。

怠惰なのか忙しいのか、男性教師は準備運動が終わると体育館から姿を消してしまう。

これ見よがしに雑談を始める生徒の中、ドリブルの練習をしながらも心を無にして精神力の回復を図っている天馬に、

「真面目だねー」

話しかけてきたのは同じくバスケ選択の颯太。ボールをお腹の回りでくるくるハンドリングしている。器用だ。天馬はあんな風に速くできない。

「俺はただ先生に怒られたくないだけだ」

「すぐには帰ってこないって。外のサッカー組、見に行ったみたいだし」

「だから話しかけてきた、と……」

そういうところは強かな颯太。見習いたくなったので形だけの自主練をやめる。

「にしても、いよいよ今週の金曜だね～」

「ん？　ああ、金曜な、金曜」

映画の公開日なのか、ゲームの発売日なのか。特にチェックしていなかった天馬は思い当たらず、適当にわかっているふりだけしておいた。

「皇さんの応援演説が、僕的には楽しみだなぁ」

「あー、うん、うん」

選挙の話か、と。言われてから思い出す辺り推薦人失格だと思う。

耳を澄ませば、近くでたむろしている連中も「普通に椿木さんでしょー」「いんや、辰巳の女子人気も侮れないぜ」共通の話題で盛り上がっている。

「みんな選挙とか興味あるんだなー」

「今年に限っては、でしょ。賞レースとか全般そうだけど、自分の知っている名前が出ていた方が観る側も熱くなれるし」

その理論でいえば注目度は最高レベル。辰巳と麗良、知名度マックスの二人がぶつかり合う上に、凛華の応援も加わるのだから。そうして健全に競い合うことによって、より良い社会が成り立つのだと、偉そうに言っていた真琴を思い出す。ある意味、彼女の一人勝ち。

「で、当事者の君が一番冴えない顔をしている理由は？」

「……相変わらずよく観察していやがるな」

冴えないのは元々だからほっとけ、とは思いつつ。天馬が気乗りしていないのは事実。

辰巳の存在を利用して、悪く言えば出しに使って凜華の闘争心を煽ってきたが、今さらになって良心の呵責に苛まれる。どこに思いを持っていけば良いのかわからないのだ。

「どうしたのさ、考え込んで」

「いや、俺に策略家の素質はなかったんだなーって、思っただけ」

心に渦を巻いているジレンマの正体を、天馬は言語化するのを放棄したのだが。

「もしや、辰巳くんが思ったより良い人だったんで、やっつけにくくなっちゃった感じ？」

「なんでわかるんだよ……」

説明する手間が省けたのを喜ぶ以上に、空恐ろしくなった。目を点にして見れば、五月の風よりも爽やかな顔の颯太。褒めているわけではない。彼が厄介なモードに入っているのを端的に表現しただけだ。

「つうと言えばかあの仲なんで」

「ときどき、お前が怖い」

「ま、やりにくい気持ちはわかるよ。悪役に悲しい過去がありましたーとか、裏ではイイヤツでしたーの展開って、僕も苦手な方だからさ。カタルシスを得られなくなるじゃん？」

本当にその通りだから困る。もっとも、辰巳が悪役っぽかったのは初登場時ぐらいか。

「けど、辰巳くんに限って言えば、矢代くんが気を遣う必要なんて全然ない……この際、コテンパンにしちゃっても構わないと、僕は思うな」

「……あいつも真っ向勝負をご所望、だと？」

「んー、それもあるけど。勝敗にかかわらず、今回の選挙で一番得するのは辰巳くんだし」

「?? ？？？」

「面白い人だよね～、彼。君の次くらいには好きだよ、僕。あっはっはっは！」

「お、おう」

何かを見落としている気もしたが、とにかく、手心無用という部分は真実なのだろう。神は天にいまし、世は全てこともなし。俯瞰した視点で盤上を見守るのが颯太ゆえに。

懸案事項が解消されたのを嬉しく思いながらも、実を言えば悩みの種はもう一つ。

導かれるように天馬が視線を向けたのは、ネットで区切られている体育館の反対側。女子の一団はバレーの試合をしている最中。バレーの選択者には彼女がいたよな、と。気が付けば麗良の姿を探す。あとから思えば、虫の知らせだったのかもしれない。

動きやすく束ねられたブロンドの髪をすぐに発見。薄い布地の半袖、二の腕が眩しい。

相手チームからのサーブが彼女に向かって飛んでいくが、レシーブは上手くいかず、ボールはあらぬ方向に飛んでいった。

「ドンマイ、ドンマイ！」「次がんばろー！」周りから励まされ、「すいませ～ん」と謝っている。色々な習い事をしているのでスポーツが苦手なイメージはなかったのだが、今日は明らかに動きが鈍い。違和感を抱いたのは天馬だけではなかったらしく、

「椿木さん、調子悪いのかな？」

同じく試合の風景を眺めていた颯太が口に出す。おかげで天馬は確信する。それが些細な違和感ではなく、見過ごせない異変であること。

疲れや苦労を他人に見せない。心配をかけない。彼女のポリシー、土台となるその大原則が揺らいだとすれば、待ち受けているのは全てが崩壊する未来であり。

胸の底に巣くった言いようのない不安が、現実になって襲い掛かるまで一瞬。

きゃあーっ、と。甲高い悲鳴が複数上がり、他の雑音を奪い去ってしまう。そこで初めて目を遣った者は状況を把握できていないが、天馬はしっかり見ていた。吊るされていた糸がぷっつり切れたように、麗良の体が自立を失って床に打ち付けられた瞬間を。

一呼吸の無音。思い出したように走るどよめき。

駆け寄ってきた女子に囲まれてしまった麗良の様子は確認できず。しばらくして集団から抜け出した背の高い一人、女性教師の背中に彼女は負ぶわれており。

「しばらく自主練！　戻らないかもしれないから、そのときは各自で撤収ね！」

大声で言うとそのままいなくなる。指示に背いて何人かは先生についていったが、天馬は一歩も動けない。何も考えられない。チャイムが鳴って颯太に「帰ろうよ」と言われて、ようやく意識を取り戻すのだった。

「失礼しまーす…………って、お？」

ノックをしても応答がないので、天馬は恐る恐るドアを開いたのだが、見慣れた顔を見つけて安心する。一方の女は不満で一杯らしく。

「コラ！　勝手に開けるんじゃない！」

背もたれのない丸椅子に座っていた凛華は、肩をすくめながら腰を上げる。

「着替え中とかだったらどうする気？」

「ちゃんとノックしただろ」

「聞こえないのよ。壊すつもりでぶっ叩きなさい」

「申し訳ありませんね。これ、頼まれたから持ってきたぞ」

「……あら、気が利くじゃない。褒めてあげる」

荷物を受け取りながら、とぼけた調子でのたまう凛華。どんなときも平静を崩さないのは強者の証。不思議とこっちも落ち着いてくる。

消毒液と湿布の臭気が鼻をつく保健室。時刻は昼下がりに突入していた。養護教諭もいったん休憩に入ったのか姿は見えず、使われているベッドも一つだけ。

持ってきたのは麗良の私物で、通学鞄の他にクラスの女子が貸してくれた紙袋が一つ。中に制服が一式入っているのを確認した凛華は、胡乱な瞳を天馬に向けてくる。

「……これ、まさかあんたが入れたんじゃないでしょうね？」

「バカ言うな」

神聖なスカートやシャツに、汚らわしい手で触れる勇気はさすがにない。

「ドラムのまやまやさんが丁寧に畳んでくれた」

「あー、そう、なら良かったわ」

「地味に主婦力高いな、あの人」

「親が共働きで弟が沢山いるから、自然に身に付くんでしょ」

「イメージ通りすぎてビビる」

天馬も凛華も制服に着替え直しているが、授業中に担ぎ込まれた麗良は体育着のままだったため、こうして届けに来たのだ。

本来、同性の誰かが務めるべき役割なのは理解していたが、「ヘイヘイ、やしろん。持っていってあげなYO！」と、なぜかラップ調の摩耶から手渡されてしまい。

薄情者のレッテルを貼られそうなので断るルートはなかったが、参考までに自分を指名した理由を聞いたら「レイラ姫、きっと喜ぶぜ。チェケラ！」案の定、全く参考にならない回答。

それ以外のラップ用語を彼女が知らないのだけはわかった。

「で、問題のお姫様は……」

「さっきまで無駄なお喋り続けてたけど、ようやく寝たわ」

硬そうな白いベッドの上、寝心地はお世辞にも良さそうではなかったが、布団を被っている麗良は存外にも安らかな寝顔。ほっとしていたら、シャーっと凛華にカーテンを引かれてしまい、天馬の視線はシャットアウト。

「ジロジロ見ないの。乙女の寝顔は安売り厳禁なんだから」

「モノレールで眠りこけてた女の発言じゃないな」

しかし確かに、麗良の寝顔は取り分け希少価値が高い、なんらかのプレミアが付きそうではあった。つい昨日それをしっかり堪能させてもらったのを幸運に思いつつ、凛華に知られたら鉄拳を食らいかねないので黙っておく。

「鞄も持ってきたし。このまま早退するんだよな?」

「迎えは呼んであるけどね……」

はっきりしない返事の凛華が見ようとしているのは、カーテンの向こう側で眠る幼なじみ。

「絶対に帰りません、少し休めば大丈夫です――って、言って聞かなかったわよ」

「……今日は何か、予定でも?」

「いつものやつよ。合唱部、伴奏の人が不在で手伝う約束をしているんだって」

「病人に弾かれても歌いにくいだろ」

「ほんとうに」

呆れ果てた凛華はため息をつく気力もないらしい。

養護教諭の見立てによれば麗良の症状は典型的な風邪。過労に睡眠不足が重なって免疫力が低下したところをウイルスに狙われたのではないか、と。気を失ったのは一時的な貧血も重なったからかもしれないが、いずれにせよ医者にきちんと診てもらうべきという判断で、すでに家にも連絡してある。

迎えが来るまでの付き添い役を、進んで引き受けたのが凛華だった。この場合は見張り役と呼ぶのが正しいか。麗良は大人しく横になっていてくれそうもない、放っておいたら保健室を抜け出しそうだったから。

「すまん」

「は？　……ああ。これは私が好きでやってるんだから、別に……」

「違う。もっと早く相談するべきだったんだ、たぶん」

「……」

思えば、あのときも、あのときも。こうなる予兆はいくらでもあったのに。どうして言ってやれなかったのだろう。一言でも良いから麗良に、頑張りすぎるなよ、と。言葉にする勇気がないのならせめて、言葉にする勇気を持っている人間に相談するべきだった。なあなあの関係に居心地の良さを感じ、流されてしまっていた。怠慢以外の何物でもない。

「ばっかじゃないの」

疑いようのない叱責を、あまりに柔らかい声で凛華は言ってくるのだから、優しい暴力みたいな矛盾。天馬は混乱するしかなかった。

「自惚れるんじゃないわよ」

「え？」

「私が麗良の変化に気付かないとか、本気で思ってるんじゃないでしょうね」

「それは……」

「こっちはあの娘に枝毛が一本あるだけでも気が付くんだから。最近寝られてなさそうだなーとか、鉄分不足してそうだなーとか、言われるまでもなく手に取るようにわかるのよ」

「すごいけど同じくらい気持ち悪いな」

「あのね、これでも気持ち悪い成分は薄めたのよ。お望みなら原液で提供しましょうか？」

「勘弁してくれ死んでしまう」

釈迦に説法を自戒しつつも、それならばなぜ、と。疑問が生じてしまう。

意志薄弱の天馬にはできないことも、凛華にはあっさり実現できたはずだし。凛華こそがその役目に相応しいと、天馬には思えてしまうのだから。

「……助けて、欲しいんなら、さ」

ぽつりとこぼれた呟きからは、彼女が滅多に見せないやるせなさが感じられた。

「助けてくれっていうメッセージが伝わってきたら、私はいつだって飛んでいけるのに。今でもあの娘を守ってあげたいって、私は思うのにね……」

その右手がぎゅっと握られているのを見て、天馬は痛感する。己がいかに思慮分別を欠いていたのか。こんな状況を凛華がわかっていながら放置するわけない。想い人が心も体も擦り減らしているのを、傍観しているはずなかった。

少し考えればわかる。麗良の利他的な行動原理には、年季が入っていたから。昨日今日に始まった話ではなく、ましてや簡単に解決できる問題でもなかったのだ。

「昔はもっと泣き虫だったのにね。今の麗良は、強いから。強く、なったから。私の前ではもう泣かない。誰かに助けてもらうか弱い存在だとか、そういう扱いを受けるのを何より嫌がるんでしょうね。だから弱音も吐かない」

「お前に対しても、か？」

「私には一番、吐かないわよ。だって、麗良にとっての私は特別だから」

随分な自信家だな、と。いつもの調子でツッコミを入れるミスは絶対にしない。

なぜならそれは、願望でも妄想でも、ましてや思い上がりでもない。嘘偽りのない真実なのを、天馬は知っていたから。

「私って実は昔、ずるいことしたんだよね」

「ずるい？」

「うん。まあ、麗良からはもう聞いてるかもだけど」

「……」

遮らずに、天馬は静かに続きの言葉を待った。たとえ知っていたとしても、凜華の口から語られるならば異なる意味を持つと思ったから。

「なんていうのかな……くだらないその他大勢の、くだらない声だったり視線だったり、そういうのが嫌になって、殻に閉じ籠もっちゃった時期が麗良にはあって」

部屋から出られなくなった麗良に、立ち直るきっかけを与えたエピソード。

「ちょいちょいって。ううん、ちょちょいのちょいって？　日本語は難しいんですけど、とにかく、在りし日の凜華様が友情パワーでまるっと解決したわけ、それを」

大したことじゃない感を必死に出そうとしているが、どう考えても大した女。閉ざしてしまった一人の人間の心を再び解き放つなんて、誰にでもできる芸当ではない。

しかし、だからこそ腑に落ちなかった。

「それのどこら辺が『ズル』に該当するんだ？」

「だって、そんなかっこいいことされちゃったら、誰だって感謝するに決まってるでしょ。私を特別な存在……ヒーローみたいに思わずにはいられないでしょう？　他のやつらとはスタートラインからして違うんだから。卑怯だよね、私ったら」

自慢するように笑って見せた演技も、最後までは持たず。影を落とした暗い瞳により、切なさはかえって際立つ。天馬も泣きそうなくらい悲しくなった。

凜華はただ単純にもう一度、麗良の笑顔を見たいと願っていただけ。ヒーローになりたかったわけじゃない。少なくとも凛華が今なりたいのは別の存在。過去の行いが大きな足枷になるなんて。当時の彼女は知らなかったはず。知っていても同じ道を選んだのだろうか。

今となっては確かめる術はないけれど、後悔させてはいけないと思った。祝福されるべき彼女の正義が、自分自身を貶める呪詛に変わってはいけない。

「私と麗良って、変な関係だよね。お互いに助けて、助けられて。どっちかがいなかったら、どっちも成り立ってない。弱いくせに強がりで、磁石みたいにくっついていると思ったら、反対を向いている。本当におかしいの。形にしたらすごく歪で醜い」

「それでも俺は好きだ」

「…………え？」

思考が途切れたように、動きを止めてしまった凛華。大きく見開かれたままの瞳に天馬が映っている。信じられないという声にならない声が、まんま顔に書いてあったため。

「俺は、好きなんだ」

嫌でも信じ込ませるためにもう一度。大声を出したわけではないが、あらん限りの力を込めて、凛華の深い部分に訴えかけるように言った。

それは彼女の皮膚ではなく、脳でもなく、血肉や骨でもなく、心に響いて欲しかったのだと思う。どこにあるのかはわからなくても、どこかにあるのはわかっていたから。

「不格好かもしれないけど、俺にとっては綺麗だよ」

目の前の女が嘘偽りなく自分に打ち明けてくれたように、天馬も、たった一つしかない真実の思いを伝える。

「お前と椿木さんの二人が。お前と椿木さんじゃないと……駄目なくらい」

人生で初めて好きになれた、美しいと思えた二人について。

「……二人が、ね」

「な、なんだよ？」

恥を忍んで赤裸々に、全てを曝け出したのに。

やれやれと失望するように肩を落とす凛華。笑われなかっただけマシだが、がっかりされている理由にはいくら考えても思い当たらず。

「それを真顔で言えちゃう辺り、矢代が矢代たるゆえんよね」

「どういう意味だ？」

「う〜ん、先は長いってこと！」

喜ぶべきか悲しむべきかわからない、複雑そうな表情を浮かべる凛華だったが、最終的には心底おかしそうに吹き出してしまう。結局、笑われてしまったじゃないか。一つも面白くない

天馬は口をへの字にひん曲げる。

「でも……そうだよね。今は、矢代がいるんだ」

「はぁ？」

「私たちはずっと、変わってない。意固地で凝り固まってる二人だから。お互いに、変わらない関係を望んでいたんだと思う。今の二人が崩れないように……」

「……現状維持か」

思えば連休明けから今まで、凛華をけしかけて選挙の応援役をやらせたり、麗良の家に行ったり、根本的には全て同じ問題に集約されている。

悪く言えば今の環境に甘んじているからこそ、それを壊してしまうのを恐れる。あの日、一度は告白を決めた凛華が苦渋を舐めた理由も、そこにあるのではないか。

臆病者と罵るのは簡単かもしれないが、現実問題として怖いのだから仕方ない。恋愛で傷付いた経験がろくにない天馬は、想像するしかないけれど。

「だから、あなたがいてくれて良かった」

凛華の眼差しを強く感じた。何かを求めているようで、何も求めてはいない。最後に決めるのは自分自身だと言うように微笑んだ彼女は、

「変わるとしたら……変われるとしたら、きっと今なんだね」

確信と共に吹っ切れた表情をしていた。

「皇、お前……」

稀に見せる彼女の超自然的な振る舞いに、未だ慣れない天馬が圧倒されていたら。

ピンポーン、と。鳴ったチャイムは、休み時間の終わりを知らせるものとは異なり。

『えー、矢代、二年五組の矢代天馬。これを聞いたら、すぐに職員室に来るように。ダッシュだぞー。私を待たせるなよー』

聞こえてきたのはダルそうな声。機械越しでも誰だかわかってしまうのだからすごい。

「わざわざ校内放送で呼び出しって……何事だ？」

「早く行った方がいいんじゃない？」

「まあ、そうだな」

眉間にしわを寄せる担任の顔が浮かんだので、天馬はダッシュで向かった。

「おっ、早かったな」

感心感心、と。予想に反して真琴は機嫌が良くも悪くもない、普通のテンション。この人がデフォルト設定でダルそうな声なのを、天馬としたことが失念していた。

「なんですかー？　いつもの無駄話ならあとに……」

「ちゃうわボケ。あっち、あっち」

と、真琴が親指で指し示すのは、パーテーションで区切られた職員室の一角。四角いテーブルの両サイドにソファが設置され、簡素な応接スペースになっているのだが、

「うわぁ……」

天馬は引いてしまう。そこに座って優雅にコーヒーをすすっている女性は、フリフリのカチューシャからエプロンドレス、黒いワンピースまで、完全装備のメイド服。ファンタジー風の洒落た洋館ならば背景に溶け込むそれも、現実の最たる象徴である職員室においては浮きまくり。来客用の安っぽいスリッパが死ぬほど似合っていない。

「すごくない、あれ」「本物？　コスプレ？」「私、写真撮ってもらおうかなー」

一部の職員からひそひそ話のネタにされているのを、本人は知ってか知らずか。

「あ、ごきげんよう、天馬様」

何食わぬ顔で話しかけてきたので、他人のふりをするわけにもいかず。

「……沖田、さん」

「お、本当に知り合いだったのか。いや〜、こんな平凡な学校にSクラスの外車が乗り付けてくるってだけでもびっくりなのに、そこからメイド服着たバカでかい女が降りてくるもんだからさ。守衛のおっちゃんたちはもうパニックパニックの大パニックよ！」

「でしょうね」

「しきりにお前を呼べってうるさいから、とりあえずお待ちいただいてたんだが。良かった良かった、問答無用で警察に突き出さないで」

「人を身分証代わりに使わないで……」

「失敬。その方が手っ取り早いと踏んだので」

またもや通報されかけている沖田だったが、その割には落ち着き払っている。悲しいかな、この程度はきっと彼女にとって日常茶飯事なのだろう。

「お嬢様が倒れたというご一報を受け、お迎えに参上仕った次第ではありますが……いやはや地獄に仏、思わぬ収穫に喜び勇んでおりましたところです」

すっくと立ちあがった沖田。嫌な予感がビリビリ伝わってくる。

案の定、真琴の前までやってきた彼女は老練なバトラーのように胸元に手を当てる。

「わたくし、椿木家に仕えるメイドの沖田という者です。以後、お見知りおきを」

できれば座ったままの方が良かった。改めて彼女の威圧感に天馬は恐怖。

並みの人間ならば「ひえっ」や「でっか！」の直情的な感想が先行する場面だったが、そこは元ヤン（噂）仕込みの胆力。たじろぐ気配すら見せずに頭をかいた真琴は、

「もっと早く名乗ってくれると助かったんだけどー……」

「あー、そのお嬢様の担任を務めている、相沢です。どうぞよろしく」

「はい、よしなに。ところで、ミス相沢。藪から棒で申し訳ありませんが、ご年齢………ゴホンッ！　教職に就かれてからは、随分長いのでしょうか？」

「え？　ああ、まあ、それほどでも。確か、今年で八年目に突入……だったっけ？」

「そうですか、ンッなるほど、素晴らしい……優秀な先生に折り入ってご相談なのですが、実はお嬢様はご両親とも多忙を極めわたくしが保護者といっても過言ではなく今後の良好な関係

構築のためにもミス相沢とは是非とも個人的に連絡先の交換をしておいた方が」

「自重しろォッ!!」

息継ぎなしでまくし立てることにより割って入らせないという、見え透いた作戦が鼻につきまくったので、天馬はゴリ押しのカットイン。

「椿木さんを出しにナンパを始めないでください！　恥の概念とかないんですか？」

「お言葉を返すようですが、すでに成人しているわたくしにとっては、高校教師とお近づきになれる千載一遇のチャンスを逃すことこそ恥の極み。士道不覚悟に値するのです」

「沖田だからって新撰組を騙るな!!」

「……矢代、お前ってそんな風に大声出すキャラだったっけ？」

真琴は若干、当惑気味。教え子から守られている自覚も危機感もないらしいので、

「あなたは椿木さんを迎えに来たんでしょ、ほら、こんなところで油売ってないで！」

もはや天馬は相手が女性だというのも忘れ去り、沖田の腕をつかんで乱暴に引っ張る。両手で引っ張る。全力で引っ張っているのだが、おかしい、一ミリも動かないぞ。まるで地中深く根を張った大木を相手にしているかのような、途方もない重たさを感じる。

「体幹つっょ!?」

「仕方ありませんね、ハァ〜……」

結局、自主的に動き始めた沖田から「ちょ、ちょ、ちょ！」逆に引きずられるように運ばれ

てしまい。「案内、頼むなー」職務怠慢の担任から見送られ、職員室を出た。

「さて、どちらでしょう」

「……こっちです」

先導して廊下を歩きつつ、思った。この女、やはりメイドにしてはオーバースペック。だからといって最適な職業は思いつかない。平和な日本で生まれ育ったのを幸福に思う。

「しかし、天馬様も人が悪い」

「はい？」

「ミス相沢のような理想の女性が身近にいながら、黙っているだなんて……存外にも独占欲がお強い。誰かに奪われるのがよほど怖かったと見えますね」

「何を言っているのかわかりませんし……少なくとも、発情するのは業務時間外にしてもらえます？　仕事に責任とか感じないタイプなのかな」

「大変、失礼致しました。仰る通り……メイド失格でございますね、わたくしは」

「いや、失格とまでは誰も。ただ……」

「お嬢様の体調管理も業務の一環であるところ、注意を怠っておりました」

「……」

「存分に叱責を賜って然るべき醜態でございます」

半歩後ろを歩く沖田の顔は見えなかったし、たとえ振り返っても変化は感じ取れなかったのかもしれないけれど、誠意はしっかり伝わってくるのだから不思議だった。

「沖田さんのせいではないと思いますよ……なーんて、部外者の俺が言ったところで気休めにしかならないのはわかってるんで、代わりに一つお願いできますか？」

「なんなりと」

「椿木さん、たぶん帰らないとか駄々こねると思うんで、縛り上げてでも連れて帰ってもらえます？　それから家では安静にして、美味しいご飯を食べさせてあげて欲しいです」

「畏まりました。いずれもわたくしの得意分野でございます」

「頼りになるなぁ……あ、ここです」

同じフロアなので当然だが、保健室にはすぐに到着。扉に手をかけようとしたところで、

「……ん？」

薄い引き戸越しに声が聞こえてくる。内容まではわからないが、それが凛華のものであることと、楽しくお喋りしている雰囲気じゃないのは声音から予測できた。

なんとなく開けるのを躊躇っていたら、ドアが目の前でスライド。びくんと後退った天馬を見て、「なんだ、いるなら入りなさいよ」中から出てきた凛華は素知らぬ顔。メイドを侍らせているのにも驚かないのは、おそらく沖田が迎えにくると予想していたから。

「麗良、起きてるから。あとはよろしくね」

「ん、ああ、了解」

仕事は終わったとばかりに大きく伸びをしながら、凛華は行ってしまった。妙にサバサバしているなぁと思いつつ、入れ替わる形で保健室に入った。

凛華の言った通りすでに目覚めていた麗良は、ベッドに腰掛けて足を垂らしており。

「うっ……」

天馬が尻込みした理由は、彼女の服装にある。

シャツは着ているがネクタイは巻いておらず、ボタンが何個も外れているため鎖骨どころかブラまで見えるのではないかと不安になってくる。いつもと違い髪は解けていて、ストッキングも穿いておらず、ミルクのように滑らかで白い生足が眩しいってレベルではなかった。きちんと着用しているのはスカートくらい。

とてもじゃないが着替えが完了しているとは言い難い。むしろ最中に他ならなかったので回れ右をするのだが、立ち塞がったのは縦に長すぎる大きな背中。門番のようにどーんと構えているメイド服の女は、来る者どころか去る者まで拒む厳戒態勢を敷いており。

突破するのは困難だったので、やむを得ず半裸、いや、四分の一裸くらいの麗良と向き合うしかなかった。

「気分はどう？」

「あ……矢代くん。はい、まあ……」

虚ろな瞳をわずかに動かした麗良は、気のない返事。いつにもなくぼーっとしているのは、熱があるのと寝起きだからが半々か。倒れたのだから当たり前だが、顔色は良くない。朝のうちから気付いていれば、と。先に立たない後悔はやめよう。

それよりも今は、彼女を大人しく帰らせるのが先決。説得の算段を脳内で組み立て、いざとなれば沖田にヘルプを求めるつもりでいたら、

「叱られちゃいました、私」

「え？」

先に口を開いたのは麗良だった。力なく笑いながら自分の頭を叩いて見せる。しゅんとしてしょげ返っているのはどうやら、体が弱っているせいだけではない。

「凛華ちゃんに。病人に頑張られても迷惑なだけだから、さっさと帰れ――だそうです」

「……」

瞬間、あまりに多くの感情がなだれ込んできて、天馬はむせ返りそうになる。

全てが一挙にわかってしまった。迷惑だから帰れ、と。言葉にすればとても短いけれど。

それは麗良が、凛華にだけは絶対、言われたくないと思っている台詞で。

それを理解しているからこそ、凛華は今日までずっと、口には出さないでいて。

だけど今それを口に出したのは、口に出せたのは、覚悟を決めていたから。

変わらなければいけないのだと、彼女なりに一歩を踏み出した結果がここにあった。

お前、すげえよ、と。思わず口を突いて出そうになった称賛は、この場にいない一人の女に

向けて。飄々と去っていった凛華の顔を思い出して。その一歩を踏み出すのがどれだけ大変だったか、どれだけの力を振り絞る必要があったのか推し量る。

いくら発破をかけても切迫感がない。馬鹿、ヘタレ、何回罵ってもビビり癖は直らず、好きな女の子の家に一人で遊びに行く度胸すらない、ポンコツだったのに。一度ギアを上げたら一瞬。天馬には一生届かない遠くにまで行ってしまえるのだから、恐ろしい。

しかも、決して自分のためだけではなかった。凛華が一番に思っているのは麗良の幸せ。それは過去も現在も未来も永劫に変わらない。摂理に等しい法則。

「今日は……ひとまず帰るしかありませんね。合唱部の伴奏は、凛華ちゃんが代わりに行ってくれるそうですので。私が居残る意味もありません。私の百倍、上手ですから……」

ほら、やっぱり。

決意した凛華の思いは確かに麗良に届いていた。人の心を動かすのには相応の熱量が、痛みに耐える信念が、リスクを冒す勇気が必要なのを、天才は常にわかっている。

それなのに、天馬は何をやっているのだろう。どうして何もやっていなかったのだろう。

情けない事実にようやく気付いてしまった。変化を恐れるなとかマンネリを打破しろとか、他人には偉そうに言えていたが、実際のところ胸のどこかで、変わらないで欲しいと願い続けていたのは、自分だった。

嫌われないようにいつも一歩引いて、深くは踏み込まず。たとえ嫌われても傷付かないように保険をかけて。性根に凝り固まって染み着いた生き方を、変えられなかったのは。

「でも、明日からはまた普段通り、頑張ります。本当にちょっと外せない予定があって……」

「本気なの？」

「そんな顔、しないでくださいよ！　私、寝ていればすぐに回復する便利な体質ですので。というか今も大してつらくはない……余裕で元気ですし」

コホッ、と。言ったそばからせき込んでしまう麗良。澄み切った声は面影もなく、明らかに喉の奥が絡まって喋りにくそう。顔が赤い。触れなくても火照っているのがわかる。

馬鹿なのだろうか、と。失礼を承知で思った。

こんな状態でどうして明日の話ができる。治るまで大人しく寝ているべきだ。それが自分一人ではわからないくらいに、判断能力が低下している証拠だった。

「あのさ、椿木さん……」

「はい？」

彼女の意志を尊重してやりたいとか。天馬が言っても聞くはずないとか。言い訳を並べて日和見するのはもうやめよう。それは逃げだ。自分が何をしたいのか、何をするべきなのか。最優先にするべきものがどこにあるのか、やっと見つけられた気がした。

「明日一日、俺に時間をくれないかな」

「時間、ですか？」

「君がやっていること、やろうとしていること。抱えている物の重さとか、いろいろ……少しでも、理解したいんだ。挑戦してみたいんだ。だから代わりに……」

——ああ、なんてダサいんだろう。

ダサい台詞だ。ダサい男だ。ここまで来ても結局、こんな言い方しか天馬にはできない。本音ではもっとはっきり言ってやりたいのに。

「俺のためだと思って……一回だけ、任せてみてくれない？」

可哀そうになるくらいへっぴり腰。人の心に届く強さも、揺るがす熱さも、だからといって理路整然とした説得力も、感情も理性も何もかも伴ってはおらず。

それが今の自分の精一杯だと理解していた。天才は天才だから天才で、凡人は凡人だから凡人。鯉ですらない天馬が竜に変われるわけがない。

それでも幸いにして、何かを少しだけでも感じ取ってはくれたのだろうか。

「矢代くんのために、ですか」

虚を衝かれたような麗良。膨らんだターコイズの瞳は、しかし、否定や拒絶といったネガティブな色は一切映さず。驚きの中の嬉しさだけを綺麗に抽出していた。

「初めてじゃないですか、そんなこと言うの」

「そんなことって？」

「自分のためだとか、自分を優先するだとか、はっきり言うの珍しいです。矢代くんっていつも、他の人のために動いている印象が強いので」

お前が言うな、とはまさにこれ。

「断言できるけど、それは思い込みだね」

相変わらずの補正レンズ、こんな冴えない男のことを買いかぶってくれている。

「心を映す鏡は、どこにもありませんからね」

「……？」

意味ありげな言葉を落とした麗良が、遠くの風景を覗き込んでいるのに気が付く。見えないものを捕らえようとしている双眸は、やがて欲する答えを手に入れたのだろうか。

「……わかりましたっ！」

ぱん、と。両手を打ち鳴らす瑞々しい音。張りつめかけていた空気をそうして解き放った麗良は、ベッドサイドの紙袋に手を伸ばし、

「んしょ、と……」

取り出したストッキングに足を通し始めた。上品な所作で、つま先を高く上げるとか、そのせいでパンツが見えそうになったとか、ラブコメ的なトラブルは発生しなかったのに、なぜだろう、ツルツルの肌に薄い布をまとわりつかせるその手つきは妙に艶っぽく。

見てはいけないものを見ている気分になった天馬は、急いで背中を向ける。

と、いつの間にやら反転していたメイドの沖田とご対面。のっぺりした無表情から言外に非

難されているような気がして、天馬は急激に後ろめたくなるのだが。

「今の天馬様には、わたくしの持論を一つお送りしましょう」

「な、なんでしょう？」

「『女子の制服の魅力って、自分が学生のときは気付かないんだなぁ』――です」

「……とりあえず、相田みつを先生に謝ってもらえます？」

「ふぅ～、完了です！」

背後の声に目を向ければ、麗良の着替えは今度こそ終了。シャツのボタンを閉じてネクタイをきちんと締め、髪を結った完成形。通常のスタイルに戻っただけなので少し大げさだが、やはり優等生の彼女にはこちらの方がしっくりくる。

もちろん、見た目は取り繕えても中身まで元通りとは行かず。

「おっとっと……」

「大丈夫？」

さっそくよろけているので、彼女の手を取る天馬。ほんのりではなく熱い。平熱が元々高そうな麗良ではあったが、もはやそういう次元ではなかった。

「すみません。ありがとうございます」

「ううん、気を付けて帰ってね……じゃ、あとは頼めます？」

すでに通学鞄を小脇に抱えていた沖田に、麗良を預けようとしたのだが、彼女の方は天馬を離してくれない。

「椿木さん？」

「お言葉に甘えて、明日一日くらいはゆっくりしようと思いますので」

「……そっか。良かった」

ほとんど凛華のおかげだけど。ちっぽけな天馬の言葉にも、もしかしたら少しは誰かを動かす力があったのだろうか。名残惜しそうに握っていた手を離した麗良は、

「私は幸せ者ですね」

「え？」

「矢代くんがいて。凛華ちゃんがいて。他にも沢山、良い人ばかりに囲まれていますから……それでは、失礼します」

頭を下げる彼女に、思った。意固地だとか頑なだとかいくら言っても、最後の最後には折れてくれる。天馬の言葉が届いたのはただ単に麗良が優しかったから、それだけ。

せっかくチャンスをもらえたのだから。今だけはその優しさに甘えさせてもらおう。

△

国語の教科書にも採用されている有名な明治の文豪が残した格言で、特によく覚えているものが天馬にはあった。現代の口語風に直すならば、

「善人って神様に似ているよね。喜びを語る相手にもぴったりだし。不満を語る相手にもぴったりだし。最終的には、いてもいなくても良いんだからさ」

彼はつまり『好人物＝神＝自分に都合が良いだけの存在』と捉えている。なかなかひねくれた性根が表れていて天馬は好きだったが、その言葉が今回初めて身に染みた気がする。

麗良が早退した翌日。任せてくれと偉そうに宣言したのだから当然、彼女からは前日のうちに『やって欲しいことリスト』なるデータが送信されてきており。

「……うへぇ」

目を通した天馬はビビらされていた。先生からの頼まれごとが大半だったが、それにしても量が多いし、一年生や三年生の授業に出ているだけの、天馬からすれば名前も顔も知らない教師と面識があって、なおかつ信頼を勝ち得ているのはどういうマジックなのだろう。

とはいえ、同時に受信していた『この順番にやってくださいリスト』によって、時間は分単位に区切られており、天馬は指示に従って馬車馬のように働くだけ。

一階から三階まで何度も往復する羽目になったが、まあいい。上級生や下級生ばかりの教室に顔を出すのは死ぬほど恥ずかしかったが、まあいい。休み時間って休むための時間じゃないのかと何度も疑問がよぎったが、まあいい。楽なものだった。

唯一、気に入らなかったのは、どれもほとんど使い走りの仕事であり、頭脳労働の類ではなかった点。だからこそ天馬にもこなせているが、麗良のように優秀な人材が宛がわれているのはどう考えても大器小用。早い話、いいように使われてしまっているだけなのだ。

彼女がいなければ他の誰かがやることを、彼女がいるから任されているにすぎない。

「絶対、やめさせるべきだ。必ず、やめさせよう。容赦なく、言おう……」

昼休みになる頃、決意。こんな生活を続けていれば、そりゃ貧血にもなる。

しかし、それら雑用の数々は前座であり、麗良が言うところの『外せない予定』が待ち受けているのは、まだまだこれから。

スマホに表示されているメッセージによれば、その名も。

「『市内一斉清掃のボランティア活動』……？」

見慣れない単語に首を傾げている天馬を、後ろから覗き込んできた友人は、

「ああ、今日だったっけか、清掃ボランティア。いやー、いろいろと揉めて大変だったよね」

「なに!?　知っているのか、颯太？」

「うん………当然のように知らない君の方が、僕からすればびっくりなんだけど」

「いい加減に慣れた方が良いぞ」

「みたいだね」

説明しよう、と。人差し指を立てた颯太の解説を要約すれば、それは私立星藍高校が提携しているNPO法人の主催する環境保全運動。早い話、ゴミ拾いのボランティアだった。

学校側からすれば「慈善活動にも積極的に取り組んでおります！」と外部へアピールするには最適の材料で、「頑張れば内心の評価も上がるよ？」という甘言で例年生徒を募集しているのだが、参加率はお世辞にも高いとは言えなかった。

繁華街から河川敷まで広範囲に及び、場所は腐っても都内、ポイ捨て率は堂々の全国一位を誇り、適当に流していれば終わる量ではない。一人何袋とノルマを課せられ、一般市民の目に晒される以上は我が校の代表として自覚を云々、面倒な注文までされた挙句に、きついきたないくさいの3Kを強いられる。

この世の地獄にも匹敵する内容に、自ら名乗りを上げる殊勝な人間はおらず。結果として生徒会の役員に加えて、持ち回りで運動部の部員が駆り出されるという、ボランティアとは名ばかりの強制参加が常態化して十余年。不満は世代を超えて受け継がれ、

「ちょうど一周したのが去年でね。今年は最初の野球部に戻る……かと思いきや、『一回りしたんだから順番決め直そうぜ』って言い出し。去年参加したサッカー部は『俺らが二年連続やる可能性もあるってことか？　ふざけんな！』で、乱闘寸前の大喧嘩」

「阿鼻叫喚だな。収拾つかないだろ」

「……と、思われたけどね。結局、持ち回りの問題は棚上げにされたんだ。今年に限っては運動部の強制参加はなし。事前の募集で人数が十分に集まったからね」

「どうして急に？」

「椿木さんが指揮を執ってるからでしょ。彼女にいい顔したいミーハーなんてごまんといるから、俺も俺もって呼びもしないのに向こうからわらわら寄ってきたみたい」

「うるさい羽虫みたいに言うじゃないか」

鼻の下を伸ばしていようがポイント稼ぎだろうが、戦力になってくれるだけマシだろ、と。天馬の考えがインドのグラブジャムンより甘いと嗜めるように、

「君はミーハーの恐ろしさを全然知らないね。熱するのは早いけど、冷めるのもあっという間だからさ。頭数に入れているとろくなことにならないんだよ」

颯太が渋い顔をしていた理由は、後ほど思い知ることになる。

細かな仕事を全てこなし、ようやく迎えた一日の終わり——運命の放課後。

麗良からのメッセージ・その一によれば、『沢山申し込みがありましたので、急な欠席で何人かいらっしゃらなくても十分足りると思います』とのこと。送信されてきた参加者の名簿を見れば確かに盛況。楽な仕事になりそうだと考えていた天馬は、しかし、それが机上の空論に

すぎなかったのを、現場に赴いて理解する。

別に潔癖症ではないが無駄に汚れるのは嫌だったため、学校指定のジャージに加えて貸し出されている軍手に長靴、完全防備で臨む。特に目印もないグラウンドの片隅にて、集合場所ってここで良かったかな、とキョロキョロしている天馬に、

「おっ、やる気あるじゃないか、君。こっちこっち」

声をかけてきたのは、同じくジャージ着用の男。会ったことがあるような、ないような。普通の体形で普通の髪型で普通の顔をしている、どこにでもいそうな外見の彼に、天馬はとてつもない親近感を覚えていた。

「どうもー……えっと、ハジメ、マシテ？」

「ああ。三年の田中だ」

「タナカサン……田中さん？　あっ！」

名前を出されてさすがにピンとくる。生徒会長だ。良い意味でオーラがない、あまりに庶民的だから気付かなかった。

「二年の矢代です、ハハハ……」

「うん。これでも一応、生徒会長をやっているんだ。よろしくな」

気分を害した素振りもない会長は快活な笑顔。言葉に嫌味な響きがない。

善人なのが一瞬でわかる。素直で感じが良い反面、なぜか辰巳のようなイケメン感が微塵も

出ていない辺り、天馬はますます好きになった。

「俺、先月から一応、庶務をやっていまして……」

「おお、なんと！　名前だけならば聞いていたよ、その節はご苦労。しっかし……真面目だなあ、君は。庶務はこういう活動には参加しなくてもいい枠なんだぞ？」

「らしいんですけどね。今日は椿木さんの代わりということで」

「あー、病欠なんだってな。助かるよ。人手は多いに越したことはない」

「ですよねー……って、あの。さっきから不安なんですが……」

周囲をぐるっと見渡す。名簿のメンバー全員が集まっているのなら、ごった返して然るべきはずだが、現実は閑古鳥の声が聞こえてきそう。天馬と田中以外には誰もおらず、ランニング中の陸上部から「こんなとこで何やってんだ？」の視線を飛ばされる。

「他の人たち、時間でも間違えてるんでしょうか？」

「んー、いや、そうじゃなく。さっきからちょいちょい、来てはいるんだけど……」

「すいませーん、清掃のボランティアってここっすか～？」

と、言ったそばから寄ってきたのは五、六人の男子。いずれも学校指定ではないカラフルなジャージを着ている。汚れても構わないのだろうかと気になりつつ、ちゃんと来てくれたんだな、と一安心する天馬だったが。

「おお、そうだとも。人数が揃ったら始めるから、しばらく待機を……」

「あれっ？　ってか、麗良チャンいなくね？」

　会長の説明には一ミリも興味がないらしい彼らは、

「えぇ～、遅れてんのかなー。だるいけど待つ感じ？」

「おいおい、お前がライン交換できるって言うからついてきたんだぞ！」

　仲が良いのか悪いのか、軽く小競り合いを始める。

「残念だが、椿木なら休みだからいくら待っても来ないぞ」

　下手な時間稼ぎをしても無駄と割り切ったのだろう、すぐにネタバラシをした会長。想像通り、手のひらを返したように顔色を変えるのが彼ら。

「ハァ～？　マジで？　無駄足感、半端ないんですけどー……」

「なら撤収だなー……暇になったし、どっか遊び行くか」

「え、部長にボランティアで練習休むって言ってあるけど、大丈夫？」

「へーキへーキ、いちいち見回りになんて来ねえって、たぶん」

　ぶつくさ不真面目な文句を垂れながら遠ざかっていく背中を、引き止める気すら起きないのは会長も同じだったようで。申し訳なさそうに後頭部をさすって見せる。

「……見ての通り、だな」

「なるほど……」

　口に出さないでも伝わってくる。同じ光景をすでに何度も見ているのだろう。

人は城、人は石垣、人は堀。必要なのは有象無象ではなく、信頼できる少数精鋭。

もっとも、麗良が欠席していなければ一夜城くらいの布陣にはなったのだろうが、悲しいかな、君主が不在では張りぼてすら建てられない。今になって理解した。元々こうなるリスクを予期していたからこそ、彼女は是が非でも登校しようとしていたのだ。

先見の明、念のためにと送られてきたメッセージ・その二に、善後策が記されていた。

『集まりが悪い場合でも最低限、生徒会の方々は参加されると思います。限られた人数で効率的に回れるルートを構築しましたので、この通りやっていただければ問題ないかと』

規模を縮小したプランB。麗良からすればむしろこちらが本筋で、学校の周辺地図にストリートビューの画像まで添付、随所に詳細な指示が記載されていた。

二の矢のためにここまで準備する姿勢には頭が下がる、のだが。

肝心の補欠、会長以外の役員が一人も見当たらないのは、いかなる了見か。

「ああ、大丈夫。他の面子には俺が声をかけておいたから、もうすぐ来るはずさ」

「そうです、か……」

生徒会のトップから力強く言われたにもかかわらず、天馬は不安を拭えない。なぜなら見ていたから。麗良以外が参加していなかった送別会を。聞いていたから。人望がまるでないという真琴の酷評を。気付かなかったから。本人が名乗るまで彼が生徒会長である事実に。

残念ながら三の矢はなかったので、今は信じて待つしかない。

ファイオー、ファイオー、周回する陸上部が再び通り過ぎていった辺りで、

「お、来たな。良かった、良かった」

ふぅ、と息をついた会長。三々五々に集まってきた生徒は、「おつかれです」「遅れました」

「集まるの久しぶりだね～」適当な挨拶をかわし、リーダーを中心に囲っていく。

天馬には誰が誰だかわからなかったが、驚いたのは人数。一つの役職に一人ではなかったらしく、七、八、九、合計で十人。今までどこに隠れていたんだと言いたくなる大所帯。

これだけいれば楽勝だな、と。安心しかけた天馬は、すぐに異常を察知する。彼らは例外なく制服を着用。これからごみ拾いに参加するとは思えない小綺麗な装いをしており。

「すみませ～ん、会長！」

初めに口を開いたのは、キャバ嬢みたいな盛り盛りの化粧をしている一人の女子。

「む、どうした、川島書記？」

「私、今日はこのあと塾が入っていて……手伝えないんですよ～」

「なにぃ⁉　だが、一か月前に聴取したときは予定を空けてくれると約束……」

「ですから～、そっちを優先したいんです～、どうしてもなんです～、ごめんなさ～い」

追及をかわすようにそそくさ退散していった彼女を皮切りに、

「俺も、耳鼻科の通院で……」「私も、実は親に買い出し頼まれてて……」「試験勉強が……」

このビッグウェーブに乗るしかない、と。次から次へ辞退を申し出てきた。

「ま、待て、待て！　さすがに当日のキャンセルは……」

あたふたする会長だったが、向こうからしたらそれが狙い。了承を得ずに「じゃあ」「さよなら」「失礼します」自己完結で姿を消していく。

一歩引いた位置でその光景を眺めていた天馬は、冷静に分析できていた。どいつもこいつも急を要する用件ではない。塾だとか勉強だとか、ここにいる全員が同じ条件だろう。嘗めているとしか思えなかった。そもそも年長者な上に受験生で一番大変なはずの会長が、こうしてわざわざ足を運んでいるのに、痛む良心がないのか。

悪人ではないが求心力もない会長には、鉄面皮の彼らを止める手立てはなく。残ったのは十人中、たった三名。しかもやる気があるから残ったわけではなく、もたもたしているうちに乗り遅れてしまった余りものに過ぎず。

「本当にやるんですかー、会長……この人数で？」

「絶対に終わりませんよ。やめときましょうってー」

「嘘ついて適当にやったことにしちゃうとか、できないんです？」

あまりの責任感のなさに「お前ら……」会長はあんぐり。

一方で、良かった、と。天馬は幸運に思っていた。自分が会長と違って、彼らの名前も素性も何もかも知らない、純粋な第三者であることを。見知らぬ他人の性格が終わっているのをいくら知ったところで、腹を立てる気すら起こらないのだから。

人より沸点が高いつもり、あるいは喧嘩をふっかける勇気すらない天馬は、今回もそうやって心の中で理屈をこねくり回し、精神の安寧を保っていたわけだが。

「っていうか、こういうのって椿木さんが全部やってくれるんじゃないんですか？」

「ホントホント……楽できるって聞いたから入ったのに。詐欺でしょ」

「話が全然、違うんだからさ。やんなっちゃうっての、あの人」

絶対に聞きたくない、彼らの汚い口には一文字でも紡いで欲しくなかった名前が、とうとう出てきてしまい。人間は本物の怒りを感じると悲しくなるらしい。

とりあえず黙ってろよ、お前ら。それができないんなら目障りだから消えてくれ。

麗良がいるときはいくらでも麗良に頼っていい。本人が頼られたいと思っているのだから。けど、いないときくらいは頑張れ。普段助けてもらっている代わりに、自分が助ける番になるとかなぜ思えない。

脳内がピリピリ痺れて視界が極端に狭まっていった。高山病の症状みたいに。けれど意識は逆にクリアで、天馬は確信した。放っておいたら自分がこれから怒鳴り散らすのを。だから必死に落ち着かせる。やめろ。無益に争っている場合ではない。

それよりも、今はもっと他にやるべきことが——わかっているはずなのに。

「副会長、今日はサボりですかー？　肝心なときに役に立たないんじゃ意味ない……」

もう止められない。体はひとりでに動き出しており。

誰だよあんたという顔を向けてくる見知らぬ他人の胸倉に、つかみかかろうとした天馬は、

「待たせたわね」

「……え？」

寸前で、我に返った。曇りのない声音のおかげで。自分と二人きりのときはいつも馬鹿なことばかり言っているのに、人前では全てを委ねられる貫禄を孕んでいる。

「すめ、らぎっ……！」

振り向けば、長い黒髪を動きやすく束ねている一人の女。ジャージに軍手をはめた野暮ったい装備のくせして、顔はいつも以上に凛々しいのだから笑えてくる。

「なーによ、私の顔に何かついてる？」

「いや、その服装でよくかっこつけられるなーって……」

「かっこつけてないわよ！　せっかく来てやったのに文句？」

「ごめん、ごめん……」

人目を忘れて二人の世界に入ってしまっていたら、

「ようよう、こんなときにも痴話喧嘩とは見せつけてくれますなぁ、えぇ～？」

下からにゅるりと生えてきたのは、ドラム担当の摩耶。普段は叩く専門のはずだが、

「バカ言ってんじゃないの」

「いだぃ！」

今は叩かれる側、凛華から鉄拳制裁を食らっている。

「うわぁ、脳細胞、百万は死んだよこれぇ……ただでさえお勉強できないのに……ぴえん」

頭をさすりながら血が出ていないか確認している彼女を「大丈夫？」と心配しつつ。

「まやまやさんも来てくれたんだ。ありがとう」

「ふっふん。うちだけじゃないんだから、存分に驚きたまえよ」

ジャジャーン、と。幕を開けるように腕を振った摩耶の向こうから女子がゾロゾロ。全体的に美人の比率が高い。一部は軽音部の面子とわかったが、知らない顔も混じっている。

「いやー、遅れちゃって、スマンスマン。どうせなら知り合いみんな引っ張ってこようって欲張りセットを狙ってたら、余計に時間かかっちゃったよ～」

「他のクラスからも連れてきてくれたんだ……」

それが現実に可能な辺り、摩耶と凛華の牽引力を褒めるべきだろう。

「矢代くん、どういうことかな？」

急な援軍に動揺している会長。そういえば説明していなかった。

「一応、補欠の補欠ということで、何人か声をかけていたんですけど……」

行けたら行くという気のない返事だったし、仕事内容が劣悪なため過度の強制もできず、本当に来るかどうかわからなかったのだが。

「あれ？　なんかもう沢山いるみたいだね……先越されちゃった感じ？」

と、その中の一人。いの一番に事情を話していた颯太も、時間差で到着。ジャージの袖をまくりながら、つまらなそうに口を尖らせる。

「僕が張り切って呼び込みする必要なかったかな」

「呼び込みって……うおっ！」

驚くべき事実。もはやゾロゾロというレベルではない、がやがやうるさいくらいの膨大な人数が、あちらこちらから集まってきている。

「え、なんの集会、これ？」と、三週目に入った陸上部が声をかけてきたほど。

学年も性別も様々な顔ぶれで、いったいどこからこんなにかき集めてきたのやら。颯太の顔の広さは理解しているつもりだったが、まだまだ過小評価していたらしい。

「大変だったんじゃないか。これだけの人数に声をかけるのは」

「それは一斉送信だから楽ちんだけど、返信あった人は個別に対応したから、少し面倒だったかな。あ、もうちょっと時間くれるんなら、さらにこれの倍にはできるよ」

「しないでいい。ありがとな」

戦力は十分。あとは彼らを上手く采配できれば、と思っていたら。

『あー、テステス、マイクのテスト中、ワンツーワンツー、にぃにぃさんしぃー……』

キィンとハウリング音が響く。どこから持ってきたのやら、小型の朝礼台に乗ってトラメガを構えている女教師が、ダルそうに首を回していた。

『おーし、オッケーだな。よく集まってくれた、野郎共。初めに言っておくぞ。ゴミは拾うものじゃねえ。殺すもんだ！　やるかやられるかだから、気合入れろよ！　えー、その上で学外の方々には極力ご迷惑をおかけしないよう、明るく元気に挨拶を心がけ……』

責任者の真琴はごみ拾いにも参加するらしく、ぴっちりしたトレーニングウェアを着用。ファスナーを全開にしているパーカーの下はノースリーブで、普段のスーツ姿とはがらりと印象が変わる。だからといってときめいたりはしない。一部の嗜好の男子からは好評だったりするのかなーと、適当に想像していれば。

「いやぁ～、真琴ちゃん、張り切っちゃって。仕事帰りにジム通いするOL感、半端ないね」

知らぬ間に現れていた爽やかイケメン、辰巳竜司が隣で楽しげに笑っている。

「…………お前が呼んだのか、颯太？」

「まさか。辰巳くん、勝手に来てたみたいだね」

「水臭いじゃないか、天馬。こんな面白そうなイベントに俺を誘ってくれないだなんて！」

「あー……悪かったよ、うん」

はっきり口に出していないが、おそらく辰巳なりの気遣い。彼も麗良のことを思う人間の一人だったから。どこからかピンチを聞きつけて馳せ参じたのだろう。

『さて、さてさて。これからごみ袋を配るが、分別はしっかりするのと、経費がどうのこうの事務がうるせえから、パンパンになるまでしっかり詰めるように！　軍手は足りてるかー？ないやつは貸すから申し出ろ…………ってぇぇぇぇ！　オイオイオイ！　そこの三人！』

真琴が音割れするメガホンを向けたのは、生徒会のメンバー。ジャージの軍勢に囲まれている彼らは、今やサムライブルーのスタンドに裸で紛れ込んだに等しい。

『嘗めてんのかてめえら！　命の取り合いだって言っただろ！　戦争なんだよわかるかぁ⁉　戦場にスラックスもヒラヒラのスカートも存在しねえだろ！　死にたくなかったら消え失せろ！　やる気のねえやつが交じると士気の低下につながるんだよ、コンチクショー！』

「す、すいません！」「帰ります！」「お邪魔しました！」

真琴の理不尽な、あるいは痛快な一喝により、尻尾を巻いて逃げ去るのだった。

しかし、壮観だな、と。集まった顔ぶれを見まわしながら、天馬は一人一人にお礼を言いたい気分だった。幸福にもそのチャンスはすぐさま与えられる。

『おーい、矢代。なーに後ろでモブキャラ気取ってんだー』

「え？」

こっちこっち、と。真琴はお立ち台の上で手招き。

『お前、椿木女史の代理なんだろ？　班分けとルートの指示、してもらわなきゃ困るぞ』

ああ、そうだった、と。人垣をかきわけながら、天馬は嬉しくてたまらなかった。奇しくも最初に送られてきたプランA。壮大な大規模作戦を実行できそうだったから。

麗良はきっと、喜んでくれるに違いない。

△

歴代一位の参加者数を誇った清掃ボランティアは、お世辞抜きにも大成功を収め。

一夜明けた翌日。広報委員がでかでかと掲示板に貼っている『演説＆投票まであと一日！』という告知により、いよいよ選挙本番が近いのを知る。

演説の練習は完璧。唯一の危惧は麗良が本調子に戻らないことだったが、

「大変、ご迷惑をおかけしましたー！」

教室の一角、天馬の席にて。登校してきた麗良は開口一番、頭を下げる。

「え、あ、え……俺個人に対してそれを言っちゃうの？」

「矢代くんのおかげで昨日は一日、しっかり休めましたので」

そう言った彼女の顔色は、白く美しいながらも血の気がしっかり宿っており、いつにも増して健康的。心なしかツルツル輝いてさえ見えたため、

「エステでも行った？」

「行ってはおりませんが、沖田さんの本場直伝エステ全身フルコースを受けました」

「……本当に色々できるんだね、あの人」

エステの本場とはいったいどこを指すのか、疑問ではあるが。

「まあ、元気になったんなら何よりだよ」

「はい。もう一年分くらい休んだので、しばらく風邪は引かないと思います」

「無理は禁物だからね」

とは言いつつも、今はとにかく麗良の復活を祝福したいと思う天馬。ちょうど今は彼女を喜ばせられる話題もあるわけだし。

「そうだ、昨日のボランティアなんだけど……」

「ああ、どうなりましたか？　随分、大変だったと思いますけど」

是非とも直接報告したかったため、詳細はあえて伏せてあった。

「それがさ、なんとプランA、一番でかい規模の作戦で行けたんだ」

「えぇ！　本当に？　最高じゃないですか」

期待通り好感触、麗良は前のめりになって目を輝かせる。

「それじゃあ名簿の人たち、ほとんど全員いらっしゃったってことですか？　みなさん、意外と……なんて言ったら失礼ですが、真面目な方が多かったんですね～。素晴らしい」

「いや、そうじゃなく。名簿の面子は実際、一人も参加しなかったんだけどね」

「……はい？　じゃあ、生徒会の方々しか参加しなかったってことですよね。それでどうやって大規模作戦なんか……」

「いやいや、生徒会の人も、会長以外は誰も参加してくれなかったんだけどね」

「……え？」

「代わりに皇とか摩耶さんとか颯太が集めたメンバーが大量に。あ、ついでに辰巳も来たりして。場所によってはごみの取り合いが起きるくらい混雑してさ、すごかったんだよ」

柄にもなく天馬が興奮していたところに、後ろから寄ってきたのは、

「そうそう、ヤバかったんだぜ～、レイラ姫！」

同じく昨日の状況を知る摩耶だった。後ろには凛華もついてきており、注視しなければ見逃す程度に小さく首肯。枝毛一本にも気付くと豪語するだけあり、一目で麗良の回復は感じ取ったのだろう。

「来るとき、道路とか見てくれたー？　吸い殻一つもなかったっしょ。うちらでしらみつぶしに拾いまくったかんねぇ～、どこもかしこもピッカピカ。ね、おりん？」

「ま、一時的にはね。東京なんてごみ溜めの象徴だし三日もすれば元通りでしょうけど」

「おお～う……ペシミズム。水差し検定一級の資格とか持ってる？」

二人の屈託ないやり取りに癒やされていた天馬は、

「凛華ちゃんに、摩耶さんも。軽音部のみなさんが、手伝ってくださったんですね……」

一歩遅れて、気が付く。奇妙な違和感に。

麗良はさっきまで確かに笑っていて、どう考えても楽しそうで、それをぶち壊すような発言を誰かがしたわけでもなかったのに。どうしてだろう。

どうして彼女はこんなにも、悲しそうな目をしているのだろう。親に捨てられて生きる術を失った孤児みたいに、寂しく瞳を震わせているのだろう。

おそらく天馬よりも先に異変を察知していた凛華は黙りこくり、元気が取り柄の摩耶ですら何かを察して口を閉じ、クラスメイトの発する喋り声が、笑い声が、徐々に遠ざかっていくような錯覚を覚える。

「それで、速水くんがいろんな人に声をかけて。お友達が多いでしょうから、たくさん集まって。上手くいったんですね、昨日は。そうですか……大成功だったんでしょうね、きっと」

自分の力なしで上手くいってしまったのが気に入らない——違う。いらない子扱いされたのが我慢ならなかった——違う。そういう拗ねた不満を漏らしているのではない。ましてや天馬を責めているわけでもなかった。責めてくれた方が、楽だったのかもしれない。

「上手くやれているつもりでいたのに……自己満足もいいところでしたね、私ったら」

結果さえ良ければ、麗良は大喜びしてくれるはずだとか。みっともない過程には目をつむってくれるはずだとか。短絡的な天馬は、大きな思い違いをしていたのだ。少し考えればわかるじゃないか。犠牲の上に成り立つ勝利を彼女が望むはずない。

「いろんな人を巻き込んでしまい……途方もないご迷惑をおかけしてしまったようで、本当にどうお詫びをすればいいのかわかりません。申し訳ないことをしてしまいました」

「ま、待って。違うんだ。巻き込んだのは俺であって……それにホント、昨日は楽しくやってたんだよ、みんな。君に責任はないし、誰も恨んでなんか……」

薄っぺらな天馬の声が、深い部分で何かを悟っている彼女に届くはずはなく。

「矢代くんは、すごいです。ありがとうございます」

こんなときまで麗良は笑いかけてくれる。いつも天馬を癒やしてくれるはずのそれが、今は甘い毒のようにじわじわ体を蝕んでくるのがわかった。

「こうなることを、心のどこかでわかっていたんでしょうね」

「俺にそんな予知能力……」

「ありますよ。だから私に休めと言ったんです。私が一人で張り切っても、いつかは限界が来るのを知っていたから。私が強情なのも知っているから……なぜ、なぜもっと早く、言わなかったんでしょうか、私は。無理なら無理だって、認められれば良かったのに。まだまだ頑張れるつもりでいて。凛華ちゃんにも、迷惑だって言われたのに、まだ気付かないで。今になってやっと、やっと思い知るなんて……ううん、当たり前ですね」

空しく自問自答した麗良から偽りの笑顔すら消え去る。

「自分では無理だと思っていなかったんですから。馬鹿につける薬はありません」

本当は泣きたいくらいつらかったのかもしれないけれど、涙は絶対に見せない。誰かのせいにしたり被害者ぶったりもしない。強い彼女が失望を向けているのは自分自身。

「ごめんなさい……今は合わせる顔が、ありません」

「椿木さん！」

名前を呼ぶしかなかった天馬も、立ち呆けている摩耶も、ましてや手を伸ばしかけた凛華でさえ、誰にも引き止めることはできず。麗良は走り去ってしまった。俯いて顔を隠し、ここではないどこか別の世界へ逃避行するように。

追いかけられるはずなかった。ボロボロで整理がつかない頭の中でも、ただ一つだけはっきりわかっていることが天馬にはあったから。

自分は彼女を、傷付けてしまったのだと。

△

心配をよそに、授業の時間になると麗良はちゃんと教室に戻ってきた。

休み時間には颯太に昨日のお礼を言っていて、天馬が話しかけてもいつも通り、まるで何事もなかったように受け答えしていて、だけど安心感は生まれず、むしろ不気味にさえ感じていたのは、正しい思考だったらしく。

もやもやしたまま迎えた放課後。すでに帰り支度をしていた天馬は、担任から「ちょっとツラ貸せ」と最悪の誘い文句。丁重にお断りしたら首根っこをつかまれて強制連行だ。

またパシリにされるのか、暇潰しに付き合わされるのか、いずれにせよヤレヤレと思っていたのだが、今回は趣が異なる。先に呼び出されていたのだろう、職員室には仏頂面の凛華が待ち受けており。真琴がいつになく険しい顔つきで切り出したのは、

「椿木女史から、選挙の立候補は辞退したいと申し出があった」

思いもよらない話に「え？」「はぁ？」二人の驚きが重なる。「やっぱり聞いてなかったのか」とため息をついた真琴も、正確には状況を把握できていない様子。

「明日の演説も出るつもりはないって、はっきり言われたぞ」

初耳だ。どうして。まるで頭の回っていない天馬の傍らで、

「理由は？」

思ったほど混乱してはいなかったのが凛華。

「『私は生徒会長に相応しい人間じゃありませんので』……だ、そうだ」

全てを物語る答えに絶望する。つまり、責任は天馬にあった。

後悔する一方で、湧いてきたのは無力感。それはやがて自分を慰める言い訳に変わる。

間違えた——しかし、ならばいったい、どうするのが正解だったのか。誰も傷付かない選択肢なんてあったのか。行き詰まりの罠。議論のネタとしては優秀なトロッコ問題も、現実の世界で出くわせばただの理不尽なモンスターにすぎない。

堂々巡りを繰り返して、頭が炎上しそうになっている天馬とは対照的に、

「……そう」

北風よりも冷たい吐息をこぼした凛華は、

「随分勝手なこと、言ってくれるのね」

「あ、おい！」

一人スタスタ歩いていってしまう。我が道を行く女で驚かされるが、

「ほら、追いかけろ、マネージャー」

すでに用件は済んでいたのか、半笑いの真琴からゴーサイン。いちいち訂正するのも面倒だったため、天馬はお騒がせアイドルの後を追った。

そのまま帰ろうとしていた凛華にストップをかけ、どうにか教室まで戻ってきた。

『今どこ？』

麗良にメッセージを送るのだが、返ってきたのは『ごめんなさい』の一文のみ。電話をかけても一向に繋がらず、文明の利器による結びつきがいかに脆いか実感した。

抜け殻になった放課後の教室が、今は無性に居心地悪く。ベランダに避難したのは良いが、健康的に汗を流している野球部やサッカー部の風景が、やけに遠く思えてしまう。

手すりに腕をかけながらグラウンドを眺める天馬は、

「……どうするんだよ？」

隣で同じ体勢を取っている女に質問するのだが、「なにを？」気のない声で質問返し。

「椿木さん、本気みたいだぞ。選挙に出るのやめるって」

「どうもこうも、やりたくない人間を無理やり出させるのは無理でしょう」

「それは、そうなんだけど……」

「何を焦っているの、あなた」

「……」

焦るまでもないと言えば、確かにそう。たとえ立候補を取りやめたとしても、幸い対抗馬が存在しているため、明日の演説は彼の当選発表にすげ変わるだけ。変わらず世界は回り続けるし、麗良本人がそれで良いのなら翻意させる必要はない、はずなのに。

本当にそうなってしまったらなぜか、大切な何かを失ってしまう気がする。

「つーか、意外とドライなんだな、お前」

「そうかしら」

「急にこんなことになって、何か思うところはないのかよ、普通」

「あるわけないじゃない」

「即答って……」

訝りながら視線を向ければ、凛華の横顔に浮かんでいたのは気色の悪い冷笑。クックック、と。わざとらしく声に出すたび、こめかみがプルプル痙攣しており。

「ただ一言だけ、ね。言わせてもらうなら……」

天馬は思い出す。常日頃からキャラ作りに磨きをかけている彼女の面の皮が、いかに分厚いか。加えて気が付く。そのやせ我慢もそろそろ限界を迎えていることを。

「辰巳竜司とかいうクソ野郎を、けちょんけちょんの再起不能にしてやりたくて、いかにあの娘が素晴らしいのか、いかに人の上に立つべき器なのか、考えて、考えて、ひたすらに考え抜いて……崇高なる応援演説の原稿をようやく完成させたのに、築き上げたっていうのに」

禍々しいオーラは徐々にとぐろを巻く巨大な黒龍を形取り、

「いきなり自分は生徒会長に相応しくないからって、何よそれ。全否定じゃないの。コケにするのも大概にしなさいよ。ふざけるんじゃないわよ……あなたが絶対に、一番なんだから。あなた以外には絶対、他には誰もいないんだから！　私にとっては、昔から、ずっと‼」

やがては雷を降らせる。常人ならば一目散に逃げ去るか、土下座して命乞いする場面だろうが、天馬には当てはまらない。こいつはそうだよな、そうでなくちゃ駄目だよな、と。我ながら謎すぎる安堵で胸が一杯になっていた。

「今さらやめるなんて、許さないんだからね、バカ……」

最後まで衝動を抑えきれなかった自分を嫌悪するように、ハァ～と闇色のため息を吐き出した凛華は頭を伏せる。風が吹いて長い髪が流水に晒されたようにたなびいた。

「俺もそう思うよ。心から」

　天馬が静かに同意すると、もう取り繕う必要もなくなったのか、残っていた一番の本音を凛華は言葉にする。

「……すぐに飛んでいって、ひっぱたいてやりたい。ひっぱたいたあとに、ごめんなさいって謝って、思い切り抱きしめてやりたい。抱きしめられたら、良かったのにね……」

　DV彼氏みたいで少し怖いけれど。それをしない理由は天馬にもわかった。

「私が一発、尻を叩いてやれば……選挙には出るでしょうね、あの娘」

「そうだな。たぶん、きっと」

「だけど、それじゃ何も変わってないわ。これからも、この先も、永遠に変わらないの」

　やりたくてもできない。凛華のもどかしさが肌を通して伝わってくる。

　どうにかしてやりたいと思う一方、邪魔してくるのは心に巣くうもう一人の自分。

　――一度は失敗したのに、お前にその資格があるのか？

　顔に出やすい天馬の考えは、あっさり見抜かれてしまい。

「間違えたとか、思ってる？」

「……実際、間違えたんだよ、俺は」

「違う」

脊髄反射の如く言い切った凛華は、顔を上げて空を見る。

「間違いなんてない。選択肢はやるかやらないかの二択で、残るのはやったかやらないかの事実だけ。唯一間違いがあるとするならね、それはたぶん途中でやめちゃうことなんだ。最後まで責任を持たないと駄目なんだ。私もあなたも……」

何を言いたいのかは、わかるけど。それを言えるのは凛華が強いからだ。

やはりというべきか、さすがというべきか。天馬の軟弱な思考は見透かされてしまっていたのだろう。しかし、彼女がそれを咎めてくることはなかった。むしろそれで良いんだと肯定するように、薄ら微笑み。

「私が使った魔法は一度切りで、もう二度と使えないの」

「……魔法?」

「泣きべそかいてる子供を一方的に勇気づけるとか、窮地に陥ったヒロインを強引に救い出すとか。そういうかっこいいヒーローじゃない。一緒の目線で一緒の思いを語れる誰かが、今のあの娘には必要なんじゃないのかな」

嘆くのと同じくらい嬉しく思うように、穏やかな口調。強い期待が感じられた。それでも負担にはならなかった。俺にはできないとか、言い訳を並べる気すら起きない。何をやるべきかはわかっていたから。

天馬は自分が自分であるのを、初めて幸福に思った。かっこいい主人公の対極となれば、それはつまりかっこ悪い端役(はやく)の出番であり。

これ以上ないくらいのはまり役じゃないか。

△

翌日。連休明けから二週間足らず、いよいよやってきた選挙の本番だった。

演説と投票は一・二時間目の授業を潰して行われる。今年は候補者が少ないので即日開票され、放課後には掲示板に結果が貼り出される予定になっていた。

推薦人ということで一応、いつもより早めに登校したつもりの天馬(てんま)だったが、体育館にはすでに大勢の生徒の姿。選挙活動が禁止になったせいで、盛り上がっているのか盛り下がっているのか微妙なラインに思えていたが、

「誰にする？」「椿木(つばき)さんでしょ～」「皇(すめらぎ)さんの応援演説、楽しみ」「私はやっぱり辰巳(たつみ)くん」

がやがや聞こえてくる声に、無用の心配だったのを知らされる。不健全な天馬(てんま)とは異なり、青春を謳歌(おうか)する高校生の彼らは、文化祭や体育祭と並び立つイベントの一つとして今日を迎えているようだ。

それに一役も二役も買っているのが広報委員による演出。わざわざ舞台にスクリーンを下ろして、事前に収録していた候補者や推薦人のインタビューを流している。司会をしているのは

前にコメントを求めてきた一年生の小柄な女子。良くも悪くもプロ意識が高いのだろう、テロップとナレーション付きの無駄に凝った編集だった。

格闘技の特番で試合が始まる前に流れる映像を思い出す。必要以上に選手同士が煽りまくって視聴率を稼ぐ例のやつ。いずれにせよ会場の熱気はなかなか。幸せなオーディエンスは知るよしもない。水面下ではその催しが開催すら危ぶまれている事実を。

舞台袖から繋がっている控室には関係者が集められていた。凛華や天馬の他にも、辰巳サイドの推薦人や応援役もすでに待機しており、原稿の最終チェックや流れの確認をしているのだが、そこに肝心の候補者の姿は見当たらず。

「椿木女史とはまだ連絡取れないのか？」

真琴からの問いかけに、「昨日から音沙汰なく……」天馬は事実を伝えるしかない。

「ズル休みするタイプではないので、登校はしてきてると思うんですけど」

「そうか。最悪、皇の応援演説が終わるまでには来てくれれば良いんだが……まあ、何やら広報委員が張り切って前説してるみたいだから、多少は押すと思うしな」

「具体的にはどれくらいです？」

「ぼちぼち、生徒も集まり始めてるからな。三十分か、四十分。絶対に来るって確証があるんなら、もう少し待ってやってもいいけど。どうなんだ？」

「それは……」

「来るわよ」

口ごもる天馬の代わりに答えたのは、パイプ椅子に腰を据えている黒髪ロングの女。しかし、確証なんてあるはずない。ただの願望に過ぎないのは明らか。それでも今は信じるだけ。己の責務を全うして待つしかないのだと、その覚悟は真琴にも伝わったのだろう。

「なら、このまま続行だな。安心しろ。全責任は私が持つ……って、死ぬ前に一回は言ってみたかったんだよなーこれ」

「すみません、先生……俺たちの勝手で」

「私は単に、辰巳のアホが無条件で当選なんてクソほども面白くないってだけだ」

本音なのか建前なのかわからない台詞を真琴が吐いたところで、

「ものすご～く辛辣な発言が聞こえてきたんだけど……気のせい？」

噂をすれば影。苦笑いすらも爽やかに彩りながら現れたのは辰巳竜司。全校生徒を前にしての演説を控えているとは思えない、余裕のオーラをむんむんに漂わせており。

「あんまり固くなるなよ。主役は俺なんだから、楽に行こう」「うるせぇ」「わかってんだよ」

取り巻き二人に軽口を叩いて緊張をほぐしてから、麗良の姿が見えないのに気が付いたのだろう、「何やらそっちの勢力は大変みたいだね」ご愁傷さまとでも言いたげに肩をすくめる。

「当日になってからバタバタするなんて、人事を尽くし足りないんじゃないのかい？」

「笑いたければ好きに笑え」

売り言葉に買い言葉で返す天馬だったが、別に煽りに来ているわけではなかったらしく。

「ふむ……察するに、少しでも時間が欲しいのかな？　だったら、演説の順番を入れ替えるのはどうだい」

「え？」

立合演説の順番は事前の取り決めで麗良が先、辰巳が後になっている。ジャンケンに勝利した辰巳が、野球は後攻有利の理論により二番手を選んでいた、はずなのだが。

「俺たちが先にやろう。先攻で圧倒的な力を見せつけるのも悪くない」

その優位性をあっさり捨ててしまえるのだからすごい。

「辰巳、お前……」

「礼ならいらないよ。どうせなら俺は、万全の君たちと戦った上で勝ちたいだけさ」

「…………」

いらないと言われたので仕方なく、ありがとうは胸の内だけに留める。自分は恵まれているな、と天馬は改めて思った。困ったら誰かがいつも助けてくれる。手を差し伸べてくれるお人好しにばかり囲まれているのだから。たまにはその善意に応えなければ申し訳が立たない。

「俺、捜さなきゃ……捜してくる！」

誰に告げたかも定かではない。自らに言い聞かせる暗示に近かったのだろう。

「お願い。待ってるから」

すでに駆け出していた天馬の背中を、凛華の真っ直ぐな言葉が後押ししてくれた。

最終手段としてローラー作戦、校内を駆け回るのも辞さないつもりだったが、天馬は幸運にも一発で当たりを引き当てる。何かに突き動かされるようにやってきたのは生徒会室。

扉を開ければ案の定、窓を背にした奥の席に座っていたのは一人の少女。机上のネームプレートは伏せられ役職名は確認できないが、そこは生徒会長の席だった。

階段を駆け上がってきたせいで息を切らせる天馬を見て、麗良は困ったように微笑む。

「見つかっちゃいましたね。どうしてここだと？」

「以心伝心」

「さすがですね」

なんですそれとツッコミを入れる気力すらないのか、麗良はしゅんと頭を垂れてしまう。まんま叱りつけられる直前の幼子だった。悪いのは自分、だから責められて当然なのだと、全てを受け入れている。

とてもじゃないが見ていられなかった。何も言えなくなってしまった天馬は、ただ黙って彼女の隣に座るしかできない。テーブルの上には副会長のネームプレートが置かれている。いつもは麗良が座っている定位置だ。

「……」

「……」

どちらも口を開かず。純度の高い静寂が広がっていくのを感じた。

体育館ではそろそろ前説が終わり、辰巳陣営の応援演説が始まっている頃かもしれないが、遠く離れたこの部屋まで伝わってくるわけもない。誰の声も届かない。邪魔できない。どんどん現実の世界から切り離されていく。早くしなければ戻るべき場所を見失ってしまう。

永遠にも思えた沈黙を破ったのは、

「……駄目ですよね、私。こんなところにいちゃ」

泣きだしそうな麗良の声。未だにじっと床を見つめたまま。

「いきなりやめるとか、許されるはずないのに。無理言って相沢先生を困らせて。一緒に準備してきた凛華ちゃんと矢代くんを失望させて。良い勝負にしようって言ってくれた辰巳くんにも不誠実で。もう、どうやったって挽回できないくらい、いろんな人の信頼を裏切って……せめて私の口から、みなさんにきちんと説明するべきですよね」

「謝罪会見でもするつもり？」

「他に正しい方法が思いつきません」

どこまで行っても責めるのは自分自身。外に攻撃を向けることは絶対にない。

その態度を非難するつもりは今までさらさらなかった。麗良はそれでいい。彼女は特別なのだから。それが自覚のない差別だったのを今さら知る。優しさと内罰性は紙一重。履き違えてはいけないし、彼女には後者になって欲しくないと思った。

「どうして謝る必要なんてあるの。椿木さんは何も悪くないのに」

「十分、悪いですよ」

「だったら俺はもっと悪い」

だんだん、胸の奥が熱くなってくるのを感じて。だけどその正体は判然とせず、確かめるように天馬は一つ一つの言葉を紡いでいた。

「他にも沢山、悪い人間でこの世は溢れてる。なのにどうして、君だけが責められないといけないの？　君だけが悲しまないといけなの？　君はどうして自分一人が悪いんだって思い込むの？　たまには誰かのせいにしたっていいじゃないか。文句を言ってもいいじゃないか。どこかで発散しないと体の前に心が壊れる」

言葉に出してみて、もやもやとわだかまっていた感情の本質を天馬はようやく知る。

それは純粋な怒りだった。他人を攻撃するための武器。傷付けるかもしれない刃。醜いそれを麗良は絶対に見せない。表に出してはいけない感情なのだと、天馬も思い込んでいた。必死に思い込もうとしていたのだ。少なくとも彼女の前でくらいは、と。

だけど気が付く。そもそも自分はそんな利口な人間ではなかった。怒りを常に理性で押さえつけられるような賢人ではないのだから、かっこつける必要なんて一つもない。

「俺は、君みたいに立派な人間じゃないから。人には簡単に腹が立つし。むかつくし、悔しくもなるんだ。悔しくてたまらないんだよ、今もずっと」

「悔しい？」

「このままやめちゃったら、戦いもしないで負けちゃったら、本当に椿木さんが間違ってるみたいに思われそうで」

まるで今まで彼女がやってきたこと全てが無駄だったかのような。

麗良自身はそう思ってしまっている。だけど違う。それだけは絶対に間違っている。

天馬が胸を張って断言できるのは、ここにはいないもう一人の女のおかげ。

「皇が、言ったんだよ。椿木さんのことを誰よりも理解しているあいつが。君以外にはあり得ないんだって。この世で一番なんだって。最強なんだって。言い切ったんだ」

「凛華ちゃんが……私を？」

「そうだよ。あいつはいつだって、君が世界で一番だと思ってる。自分のことみたいに自慢してくるし、ウザいくらいに語ってくる。こっちが恥ずかしくなってくるくらいにね」

ああ、本当に好きなんだな、と。そのたびに痛いほど伝わってきた。

「俺も……あいつには一生敵わない、どんなに頑張っても超えられないけど、君が一番だと思っている人間の一人だから。あいつが椿木さんを好きなように……俺も好きなんだよ、椿木さんが！　大好きな君に、自分を嫌いになって欲しくない。自分を否定して欲しくない」

要領を得ない述懐の末、図らずもつまびらかになったのは、天馬自身の心。

空気のように当たり前すぎて、今まで一度も気付かなかったけれど。一人じゃなくて二人。

天馬が願うのは、二人の幸せだったのだ。

凛華の恋を応援したい、と。彼女の思いの強さに当てられ、その魅力にまんまと惹きつけられ、ここまでやってきたつもりでいたが。それは片面的な理解にすぎない。

原動力は何も凛華だけではなかった。麗良というもう一人の存在が大きかったのだ。

凛華が愛したのが麗良だったからこそ、叶えてやりたいと思えた。別の誰かだったらここまで必死になれなかった。成り立っていなかった。二人がいるからこそ成立するんだ。

一つの手じゃなくて、二つの手に引き寄せられ、繋ぎ止められて、今の天馬はここにいる。

「君の幸せを誰よりも願っている、君のことを大切に思っている皇のこと、忘れないであげて欲しい。それでその次、いや、次の次くらいでいいんだけど……ときどきでいいから、俺みたいな人間も君を大切に思っていること、思い出してくれたら嬉しい」

包み隠さず、飾り付けず。感情のみに従って言葉を継いだ天馬は、

「次の、次……ですか」

ぽかんと大口を開けてしまった麗良からまじまじ見つめられてしまい、悟る。自分がいかに甲斐性のない発言をしていたか。人の褌で相撲を取っているに他ならず。

「あ、いや、ごめん。最後のは、忘れて」

あまりのしまらなさに、穴があったら入りたい気分の天馬。

「ぷっ……」

麗良は堪えきれずに、可愛らしく吹き出してしまった。忍び笑いは徐々に忍べるレベルを超えていき、明確な笑い声に変貌。しまいには目尻に涙を浮かべながらお腹を揺する。捨てられた子犬みたいに落ち込んでいたのが嘘のよう。非常に楽しそうだった。

「えーっと……少しは元気、出たのかな？」

喜ぶべきか恥じるべきかの板挟みで、天馬は頭が一杯だったため、

「……あなたが、一番ですよ。少なくとも、この瞬間だけは」

耳では聞こえているはずの麗良の台詞を、上手く解釈することはできなかった。しばらくしてようやく笑いが収まった麗良は、咳払いと共に襟を正し。

「一つだけ、断っておきますね」

今日、初めて天馬の目を真っ直ぐに見つめる。その瞳には今まで一度も見たことがない不思議な色が宿っていた。足を踏み入れた者をときには温かく包み込み、ときには荒々しく飲み込んでしまう。相反する二つの性質を併せ持つ溟海のように、深く澄み渡った青。

「私、別に腹が立たないわけじゃありません」

「え？」

「普通にカチンときます。許せないときもあります。人のせいにしたいと思うことだらけで

す」

「いや、でも……」

いくら口で言われても信じ切れるはずはない。現に今の麗良はニッコニコ。

こんな顔をしながら内心では腸煮えくり返っているとしたら、それは笑いながら怒る某個性派俳優の伝統芸にしか思えず。彼女のイメージからはかけ離れているため、あり得ないよな、と天馬はかぶりを振るのだが。

「椿木、さん？」

おもむろに立ち上がった麗良が、窓のロックを解除して全開に開け放つ。初夏の匂いがふわりと舞い込んでくる。穏やかな風を一身に受けた彼女は、

「すぅ～～～～………」

腹式呼吸の予備動作。吸い込んだ空気でお腹を膨らませた直後、

「どうしてみんな真面目に働いてくれないのぉぉぉぉぉぉぉぉぉぉぉぉぉぉ〜〜ッ!?」

ぎゃあああああ！　と、悶え苦しみながら耳を塞いだのは天馬。

もしも窓を開けていなかったら、部屋中をハウリングして鼓膜を破壊されていたかもしれない。音響兵器さながらの威力。校庭の隅で昼寝している野良猫すら飛び起きそうなほどの大音声で叫んだ麗良は、しかし、まだまだ止まらず一気に畳みかける。

「頼まれたことには責任を持って取り組んでください！　自分でやれることは自分でやってください！　他人に聞く前にまず独力で解決する努力をしてください！　私はエスパーではありませんのであなたが何をわからないかまではわからないんです！　二度手間になるので見てわかることはいちいち質問しないでください！　サボりたいのはわかりますけど法事法事ってあなたの親戚は年に何回死ぬんですか!?　遅延証明をもらうために行列に並んでいる暇があったらダッシュで改札を抜けてください！　昼の二時に寝てましたってあなたその言い訳が通じるのは保育園までですよ！　進捗は催促される前に報告するべきですね締め切りはもちろん守って欲しいのですが守れないようなら早めにご相談ください！　当日になってから僕どうしたらいいですかってそんなの私にだってどうにもなりませんよ！　メールにはわかりやすい件名をつけてください！　経緯を知りたいので返信するときは前の文章を消さないように！　変動する可能性のある数値は直接入力しないでセル参照にしましょう！　無駄にセルを結合しないで書式設定をいじるのも鉄則ですね見栄えはこの際どうでもいいんですよ！　ああああああダメ

ダメ関数に対応しなくなるから単位を手入力しないで！　ほらほら表示形式をいじるだけで超簡単〜というかこれ前にも言いましたよね⁉　誰も覚える気がないようなのでマニュアルを作ったんですけどそれすら誰も見てくださらないんですよね⁉　こうなったらもうマクロですかマクロを組まないといけないんですか⁉　いやいや残り二年足らずで卒業する学校のために骨折り損のくたびれ儲けとかっていうレベルじゃない……つまり私が言いたいのは、ド○えもん扱いするならせめてどら焼きくらいは食わせろおおおおおおおおおおおッ‼」

一息に言い切る。普段のハイトーン・スローペースは鳴りを潜め、ヘビメタ張りの重低音に早送りのような速度で長広舌を振るっていた。今の一発で喉を潰したのではないかと心配になる咆哮だったが、くるりと振り返った麗良は胸のつかえが取れたように清々しく。

「んん〜〜〜〜……気持ちよかったぁ〜〜〜〜…………ふぅっ！」

万歳したまま大きく伸びをする。両手をつかまれた猫みたいに伸びきった体。豊満な胸もツンと上を向いており、クーパー靭帯の存在を証明する良い資料映像だった。

「……と、いうわけで。私、心の中では割といつも、悪態をつきまくっておりますので。びっくりしましたか？」

ほくほく顔の麗良から問われ、ははは、ははは、と。掠れた笑いが漏れてしまったのは天馬。なんていうことはない。彼女は沸点が異常に高かったわけでも、負の感情を一切合切忘れてしまったわけでもない。ただ人一倍、それを隠して堪えるのに長けていただけ。内側では人並みに、もしかしたら人並み外れて、熱い衝動を爆発させていたのだ。

「ときどきこうやって、発散してるの？」

「いえ？　初めてやったんですけど、とっても快感でした」

「……だろうね」

まさしくダムの放流。長らく溜め込んでいたものをいっぺんに放出したのだから。

もしかしたらこれでもまだまだ足りないくらいだし、時が経てば再び限界は訪れるのかもしれないけれど。今はとりあえず、良かったと思う。たとえ一時の平穏であっても。不器用かもしれないが、こうして吐き出す機会を作れて。

――つらかったね、今までずっと……

麗良の本当の気持ちを聞くことができて、天馬はようやく真の意味で安心できた。

良くも悪くも彼女は感受性が豊かだから。たまには毒抜きをしないと曇ってしまう。

「今度は限界が来る前に吐き出そうね」

「はい。そのときはまた、お付き合いいただけますか？」

「いつでも聞くよ。何度だって、俺が……」

自らの存在意義を初めて実感した気がする。天馬しか知らない凛華が存在するように、天馬しか知らない麗良も確かに存在していて。中間にいる自分がそうして、二人を繋ぐ懸け橋になれれば最高——だなんて、この期に及んで自己陶酔に浸るのはやめよう。

もっとシンプルな発想。獣のように絶叫する麗良の姿はなかなかに衝撃的で、さすがの凛華にも見せられそうにはなかったから。この記憶は自分の胸だけに留めておこう。

今だけは、まだ。


「遅れてすみません！」

息を切らしながら飛び込んできた天馬に、

「お、グッドタイミングだな」

サムズアップで答えたのは真琴。

『皇凛華さん、素晴らしい応援演説、ありがとうございました』

司会のアナウンスが流れ、パチパチと拍手の音が続く。つまりはギリギリセーフ。演説を終えたばかりの女が凛とした顔つきで控室に戻ってくる。

天馬が引き連れている金髪の少女を見て、凛華は途端に気が抜けた表情。ハァ〜っと安堵の息を吐き出したのもつかの間、湧き立つ別の感情を抑えきれなかったようで。

「随分、勝手なことしてくれたわね、こいつは」

「ああ、痛いっ！　痛いです！」

こめかみを両サイドからぐりぐりされ、麗良はリアルな悲鳴を上げる。

「ご、ごめんなさい！　本当に……」

「どれだけ心配したと……って、まあ、お説教はあとにしましょうか」

『続いて候補者、椿木麗良さんの演説になります』

行ってきなさいよという凛華の視線に対して、阿吽の呼吸、黙って頷いたのが麗良。

ランウェイを歩くモデルのように背筋を伸ばして舞台に出ていった彼女に、天馬が心の中でエールを送っていたら。

「いてっ！」

肘でわき腹を小突かれる。どうやらそれは凛華にとって最大限の称賛であり、よくやったわね、と。口には出さなかったが、微笑みから思いは十二分に伝わってきた。

『ただいまご紹介にあずかりました、二年五組の椿木麗良です』

麗良の声がマイクで拡張される。完璧超人という表現がぴったりの彼女だ。原稿を飛ばすような凡ミスはしないと思われたが、

『すみません。私を大絶賛する応援演説を、お聞きいただいた直後で悪いのですが……』

予定にないアドリブがさっそく始まる。

『あれは全部、忘れてください！』

え、と。その瞬間、体育館全体が声にならない驚きで満たされる。

『私、実はそんなに良い子ちゃんではありません。大して優しくもありません。人並みに怒ったり、悲しんだり、挫けそうになったり……その度にいろんな人に助けられてばかりで、至らなさが身に沁みました。今日はその感謝を込めて、私の大切な人たち……私に大事なことを気付かせてくれた二人について、みなさんにお話ししたいと思います』

──二人。それはもしかして……

まさかな、と。脳裏にちらついた愚かな妄想を、天馬は瞬時に振り払う。

だって、麗良にとっての凛華はオンリーワンなのだから。そこに他の誰かが並び立つはずない。麗良が天馬を、凛華と同じくらい特別な存在として思ってくれている──だなんて。

そんなはずないのは、天馬自身が一番よく知っていることだったから。今はただ無心に、舞台上の麗良を見守るだけ。彼女の声に耳を傾けるだけ。

「そっか。そうなんだね……麗良」

傍らにいる一人の女が、何かを悟ったように呟いたのも気付かず。

エピローグ

週明けの月曜。五月らしいカラッとした陽気にもかかわらず、天馬の心は梅雨入りしたようにブルー。選挙期間は驚天動地の連続だったため、二日間程度の休息では焼け石に水にもならず。依然として精神も体力もゴリゴリに擦り減っている。

ゴールデンウィークの再来を所望する天馬は、重い体を引きずるように登校していた。

「……これが本当の五月病、なのか？」

下駄箱にローファーを押し込みながら漏らした独り言を、誰かに聞かれて不気味がられる心配はない。様々な要素が偶発的に重なり合った末、大盛り上がりのままに幕を閉じた選挙。その熱気は土日を挟んでも冷めやらず。

「すごかったねー、先週の演説」「うんうん、特に椿木さん」「あれ全部アドリブでしょ？」

ざわざわ聞こえてくる声の大半が、麗良や辰巳、あるいは凛華の名前を挙げている。

「でもさ、あの中で言ってた『大切な二人』って、いったい誰だったのかな」

「一人は皇さんだろうけど、もう一人は……もしかして、気になる男子だったりぃ？」

「うっそ～！　そんな幸せ者、この学校にいる～⁉」

恋愛脳に染まった彼女たちが通り過ぎていく中、天馬はなんとなしに足を止める。掲示板には即日開票の結果が貼り出されたまま。何度見ても思う。

「大健闘、だよな」

無意識にこぼした感想は、再び喧騒に掻き消されるかと思いきや。

「『強い者が勝つのではない。勝った者が強いのだ』――フランツ・ベッケンバウアー」

「うおっ！」

甘い吐息と共に耳元で囁かれ、首筋が粟立つ。「きゃ～！」「羨ましい～！」女子の色めき立った声が耳に届いただけで、誰の仕業かはわかってしまう。案の定、大げさに飛び上がった天馬をからかうように笑っているのは、長身のハンサムフェイス。

「いちいちリアクションが面白いなー、君は」

「うるせえ。別件がなんだって？」

「ドイツサッカーの皇帝が残した名言さ。そもそも、五十票差のどこが大健闘なんだい？」

「……そういう台詞は、ダブルスコアくらいついたときに言え」

全校生徒が九百六十人なのを考えれば、十分に接戦の部類だった。

「ま、最後の演説が効いたんだろうね。敵に塩を送っている場合ではなかったかな、俺も」

悔やむようなのは字面だけ。辰巳はいつも以上に清涼感に溢れ、やり切った顔をしていた。

どこまでも真っ直ぐでかっこいい男。もしも彼がいてくれなかったら、麗良の本音を引き出すことも叶わなかったのでは。その意味では一番の立役者と言っても良い。

「今回の勝負、負けはしたけど収穫も大きかったね。なにしろ天馬という盟友……共に一人の女性を好きになった同志に、こうして出会えたんだから」

「あー、いや、あの……」

「ちなみに君は、彼女のどこら辺が好きなんだい？」

「それなんだけど……」

「待った、まずは俺から言わせてくれ。う～ん、悩むけどぉ～、そうだなぁ～……」

問わず語りも無理からぬ。彼の脳内において、天馬は麗良を奪い合う恋のライバルに認定されているのだから。心苦しさがK点越えなので、そろそろ誤解を解いてやらねば。

「すまん、辰巳。実は俺……」

「年齢が一回り上なところだな、やっぱり」

「……………………………………………………」

瞬間、天馬は頭が真っ白になって大口を開ける。

――何を言った、こいつ？

「ダウナー系っていうのかな。あの妙に疲れた感じの色気が、もう俺のストライクど真ん中を貫いてきて、たまらないいんだよね～。年上特有の包容力とか尊敬できる自立心とか、そういうのは皆無なんだけど、そこが逆に俺好み。大人のくせして大人じゃない、中身は意外と子供っぽい辺りが超絶に可愛いんだよな。はぁ～、マジで尊い……無理だ、ホント無理……」

推しについて語るドルオタのように、語彙力喪失で恍惚に浸っている男。

天馬は身の毛がよだつ。何かがずれていた。決定的に。

どれほどの乖離かと言えば、普通の女優の話をしていたら、姓を同じくするセクシー女優と勘違いした誰かが食いついてきたくらい。往々にして途中までは話が噛み合っており、中にはすれ違っているのに気付かず終わる平和なパターンも存在するが、

「真琴ちゃんって本当に可愛いの権化だよな」

ついに固有名詞が飛び出し。知らぬ存ぜぬを突き通すのは不可能。恥の上塗りを絶賛継続中の彼に、現実を突き付けるのが天馬の役目。完全に汚れ役だったが、

「低血圧で、朝はいっつもだるそうなのも可愛いし」

もたもたしているうちにも傷口は広がっていくので、さっさと終わらせるのが吉。

「仕事サボってるのがバレて叱られてるのも可愛いし」

「おい、辰巳」

「タバコ吸える場所減ってイライラしてるのも可愛いし」

「わかったから……」

「お尻がちょっと大きいのを気にしてるのも可愛いし」

「そろそろ……」

「でも、一番可愛いのは俺みたいな年下の高校生にイジられて本気で怒っちゃうところ」

「黙れぇぇー!!　修学旅行の夜みたいなおぞましい話はやめろぉぉー!!」

「え、楽しいじゃん、修学旅行の夜」

「せめて恋愛対象が同級生だったら我慢してやったけど！　つーかお前、どれも全く褒めてないんだよー！　どちらかといえば全力で貶しにいってんだよー！　謝れバカヤロー！」

「何を言う。真琴ちゃんはいわゆる残念な美人なんだぞ。天馬も好きならわか……」

「好きじゃねぇぇぇぇぇぇぇぇッ!!」

我を忘れた天馬は、廊下中に響き渡るほどの雄叫びを上げていた。目を合わせてはいけないタイプのヤバい奴だと認識したのか、生徒の大半は見て見ぬふり。

「……え？」

瞬きをやめた辰巳は口を半開き。鳩が豆鉄砲を食らった顔とはまさにこれ。

壮大なすれ違いコントを今日まで続けてしまった。なぜそんな悲劇が生まれたのか。

この件について天馬に落ち度はない。自分は悪くないと言い切れる。なぜなら、

「どこをどう見たら俺が相沢先生に恋していると思えたんだよ！」

「だってしょっちゅう一緒にいたじゃん。おかげで俺はちょっかいかけにくくって」

「……しょっちゅう？」

「おまけにすごい仲睦まじくってさ。一生徒と一教師の関係を超えてなかったかい」

「ない。どんな色眼鏡かけてんだよ」

「えぇ～……あんな風に、見せびらかすみたいにスキンシップしてたくせに？」

「それはあの人に文句言え。俺も困ってる……」

「嫌だったの？」

「嫌だったよ！」

今さらになって納得する。真琴に絡まれているシーンに割って入ってきた彼が、妙に不機嫌だった理由。端的に言えば羨ましかったのだ。

恋は盲目という病が確証バイアスを加速させる、最悪のコラボレーションだった。かなり恥ずかしい勘違いをしていた辰巳だったが、後悔する素振りは一切見せず。

「なーんだ、そっか。けど、だったら思わせぶりな態度をするのはいただけないな」

すっきりしたように笑っている。さりげなく責任転嫁してくるが、

「思わせぶりなのはどっちだよ。俺はてっきり、お前が椿木さんを好きなんだと……」

「は？」

攻守交替。完璧に馬鹿を見る目をされているが、判断材料ならいくつもある。

「『今日も可愛いね』とか、歯の浮く台詞でアプローチしてたし」

「それ、俺にとっては挨拶と同義」

「妙に馴れ馴れしくボディタッチしてただろ」

「男女問わず誰に対しても俺はそうさ」

「生徒会。椿木さんが一人で頑張ってるのを知ってた」

「選挙に立候補しているんだ。現状の問題点を洗い出すのは当然の義務」

「会長になれば彼女に認められて、接する機会も増えるって」

「真琴ちゃんは生徒会の顧問だからね」

「……清掃ボランティアにも、意気揚々と参加して」

「ああ、真琴ちゃんのトレーニングウェア、最高だったよな〜。写真撮っちゃったもん」

尽く撃ち落とされ、天馬は悟る。自分もすっかり確証バイアスの餌食になっていたのを。

「過去に何かあったのを匂わせるやさぐれた女性がタイプなんだ、俺は」

「一般的な高校生の守備範囲じゃない……」

「中二のときに好きだった保健の先生は、バツイチで子持ちだったなぁ。それを正直に話したら告白してきた女の子ドン引きしちゃって。うっかり友達に相談したのが運の尽き、『辰巳くんはそんなこと言わない』って袋叩きに遭っちゃって。不幸な事件だったな、あれは」

「お前を好きになる女子が軒並み不憫に思えてきた」

「しかし、すごいな天馬は。どうやって真琴ちゃんに気に入られたんだい。コツとかある？」

「知らん」

「教えろよ〜。いや、教えてください、師匠！」

「まとわりつくな鬱陶しい!!」

化かしたつもりが化かされる。徒労感と共に湧いてきたのは、言いようのない安心感。

これで気兼ねなく、彼の恋を応援できる。その成就を無条件に喜べると思っていた。

器の大きい辰巳は気にしていないようだが、やっぱり、同じ人間を好きになってしまうのは苦しい。ましてや好きになられてしまうなんて、もっと苦しいはずだから。

もしも自分がその立場になったらどうしようか——だなんて。天馬には縁遠い話であり。そんな発想が生まれたこと自体、本来は恥ずべきなのかもしれないけれど。

なぜか不思議と、悪い気分ではないのだった。

△

紆余曲折に見えて、元より一本道だった気もするのだからミステリー。

めでたく麗良は生徒会長に就任したわけだが、震天動地だったのはその人事。

前職の役員を一人残らず解任した上で、自ら新しい人材を任命するという、現実世界の知事がやったらリコールとか不信任決議とか、すったもんだの紛糾待ったなしに違いない大イノベーションを実施。

論を俟たず、続投を当然の権利と思っていた生徒からは不満が相次いだのだが。

「抗議の制度は設けられておりませんので、悪しからずご容赦くださいね」

喜色満面の麗良は一点張りで例外なく突き放し。取り付く島のなかった彼らはすごすごご撤退するしかなかった。迷いを断ち切って一皮むけた彼女は押しの強さに磨きがかかっており、誰にも止めることはできない。

それは天馬にとっても同様。発足した新生徒会の集まり、記念すべきその第一回。

麗良に手を引かれるまま、訳もわからずやってきた生徒会室にて。そのまま力業で座らされた席、卓上には『会計』と書かれたネームプレートが置かれている。

「あのぉ～……これはいったい、どういう？」

おずおずと尋ねる視線の先では、会長席に座した少女が嬉しそうに微笑んでおり。

「はい。金銭管理や出納はやっぱり、責任感があって信頼できる方にお任せしたいので」

「微妙に答えになってないよね」

「矢代くんが適任だと思ったんです」

どこをどう見れば、と。天馬のさらなる反論を遮るように、

「わかる、わかる。こういうのは何よりも人柄重視だよね～」

お気楽な便乗犯が一人。彼の気質をよく理解している天馬は驚きもしなかった。

「矢代くんがいた方が、僕はいろいろ楽しめそうだし」

「……そっちがメインだろ、お前は」

相も変わらず朗らかな好青年、颯太が腰を下ろす席には書記のネームプレート。硬筆検定の準一級を持っているらしいが、関係はあまりなく。彼の場合はそもそも過去に多く生徒会に貢献しており、今まで役職に就いていなかったのがおかしいくらい。

「俺も同感だ。天馬には是非とも傍にいて欲しいね」

と、乗っかってきた二人目は、憎らしいほどに整った顔立ちの美青年。栄えある副会長に任命された辰巳は、これで合法的（？）に真琴へちょっかいをかけられるとご満悦。試合に勝っても負けても、彼が勝負に勝つのは初めから決まっていたのだ。

「年上キラーの極意……伝授してもらうまで逃がさないから、覚悟しておけ」

「駄目だよ～、辰巳くん。矢代くんを使用するならちゃんと僕の許可を取って？」

「お前にそんな決定権はないぞ」

「そうです、そうです。矢代くんについての申請は、全て私の方にお願いします」

「君までボケ始めたら収拾つかないよ……」

濃すぎるメンバーに当分は手を焼きそうだが、とにかく。以前よりも確実に遂行力を伴った少数精鋭で、麗良のワンマン体制も多少は改善された。

「では、さっそくですが、初回の議題は一年生の勧誘です！」

「あー、庶務が空いてるもんねー。僕としては退屈しない人を期待するかな～」

「俺は明るく元気な子なら誰でもオッケー。バスケが好きならなおのことよし」

「ふむふむ、矢代くんのご意見は？」

「普通の子が良い」

長くなりそうだった。思えば二年生に進級してからここ最近、主に凛華のせいではあるのだが、他にもいろいろあって、帰宅する時間がどんどん遅くなっている気がする。

放課後になれば三秒で教室からいなくなるのが天馬の常で。他の皆は部活動に勤しんだり、彼氏彼女で連れ添ったり、あるいは夢に向かって何か一生懸命に取り組んでいたり。

高校生らしい青春の姿を見せる彼らを、横目に通り過ぎていく側だったのが天馬。羨ましくなんて全然なくて、いつからかそれを憂う感情すら忘れて、やれる人間にだけ任せておけばいい、自分には一生届かない遠い世界の話だと、信じて疑わなかったはずなのに。

どうしてだろう。本当に、ただこうして、気の合う仲間と他愛もない会話で盛り上がっているだけで。不意に思ってしまった。小さいかもしれないけれど、

――青春って案外、すぐ近くに転がっていたんだな。

天馬の予想通り、会議は大いに長引き。ようやく一息ついた頃には窓から薄い夕陽が差し込んでいた。新生徒会長の張り切り具合が主な要因だろう。

「そういえば……」

応援演説の原稿を苦労して書き上げた日。祝杯を上げるのは当選してからだと、打ち上げを後回しにしていたのを思い出す。

凛華（りんか）と麗良（れいら）を引き合わせるのにこれ以上の口実は存在せず。天馬（てんま）としては見逃せないイベントだったため、件（くだん）の女にさっそくメッセージを飛ばす。

『選挙のお祝い、まだだったよな。プチサプライズでこれからするってのはどう？』

既読が付くとすぐに『いいね！』のスタンプが返ってくる。

『あなたにしてはグッドアイデア』

『ならカラオケでも行っとくかー』

『軽音部ちょうどさっき終わったとこ。そっちは生徒会室？』

ああ、と返したところで。

「何してるんですー？」

首を傾（かし）げた麗良（れいら）から聞かれる。ちょっとしたサプライズを狙っている天馬（てんま）は、

「なんでもないよ」

と答えて、スマホをポケットに押し込んだ。「あとは若い二人に……」と謎の台詞（せりふ）を口にした颯太（そうた）は早々に姿を消し、辰巳（たつみ）もまだ間に合うと言って部活に直行していた。

「はぁ～……けど、少し残念です」

ホワイトボードに書かれている『新入生勧誘作戦！』の文字を消しながら、麗良はらしくもないため息を吐き出す。

「速水くんも辰巳くんも真面目に会議には参加されるでしょうから、こうやって二人きりでいられる機会は少なくなりそうですね、これから」

「それは存分に喜ぶべきなのでは。仕事の効率も上がるだろうし」

「効率？」

「言ってたじゃん。俺と二人きりだと全力を発揮できない～的な」

「…………矢代くん、現代文の成績1だったりします？」

「突然の暴言!?」

学年トップの麗良と比べれば雲泥の差だろうが、さすがにそこまで悪くはない。

「もういいで～す」と、拗ねた子供の口調になった麗良は顎を突き上げる。登場人物の心情を正しく表す選択肢はおそらく、『唐変木の男を前に機嫌を損ねている』なので、

「あ、そうそう！　すごかったよねー、先週の演説！」

天馬は棒読みで話題の転換を試みる。

「今日になってもみんな、噂してたよ。全部即興なんてすごすぎるって」

「あー、いえ、違います。喋りながら次のネタを頭の中で考えていただけですし」

「うん、世間一般的に言う即興だね」

「言いたいことが、いっぱいあったので……正直、口が勝手に動いてくれました」

だとすれば天性。それで多くの人々の心を動かせてしまうのだから。

「それに……あれが全てじゃありません。本当に大事な言葉は、私の心にしまってあります」

はにかむような微笑みをふわりと浮かべた麗良に、天馬は驚愕。

「え！　まだまだ余力を残してたってこと？」

「……」

「フリーザ第二形態みたいだね……すごすぎる」

「はーい、よくできました〜。やっぱり矢代くん、現文の成績は1でーす」

「厳しすぎない!?」

天馬は大げさに声を張り上げ、どちらからともなく二人で笑い出してしまった。どうでもいいそんなやり取りの一つ一つを、なぜか今は大切な宝物のように感じてしまう。

片付けも一通り済み、換気のために開けていた窓を天馬が閉めた辺りで。

「ありがとうございました。今回はいろいろ」

ぺこり、麗良が頭を下げてくる。

「今さらになりますが、きっちりお礼を言っていなかった気もするので」

「あー、いや、言われてた気もするけど？」

「構いません。何回言っても……言い足りないくらいですので、本当に」

顔を上げた麗良は、眩しい笑顔。太陽にも負けないくらい光り輝いており、見ている天馬の心までも明るく浄化してくれたほど。気後れとか申し訳なさとか、マイナスの感情を全て取り払ったあとの、純粋で美しい感謝の思いだけがそこには残されていた。

夕日に照らされた二人きりのシチュエーション。図らずも少し前、同じように一人の少女から感謝されたのを思い出す。返せるものが何もないと言って泣き崩れていた彼女に、天馬はなんと声をかけたんだっけ。もの凄く恥ずかしい台詞を口に出していた気がして、体が熱くなってくるのと同時に、

「感謝しているのは、俺の方だよ」

「え?」

確信した。それよりもさらに恥ずかしいことを自分はこれから、言おうとしている。

――だけど、いい。もういいんだ。

今、はっきり言葉に出さなければ、一生変わることはできない気がした。

「俺さ、この前ちらっと言ったかもだけど、一年の頃の思い出とかほとんどなくって」

少し見栄を張った。実際は小・中も似たような感じだったから、累計すれば十年近く。

取り立てて嫌な記憶はない代わりに、感情を爆発させるような嬉しい記憶も存在せず。

十分に楽しい人生だったけど、本音ではどこか物足りなさを感じていたに違いない。

「なのに今はもう、思い出だらけ。椿木さんのおかげで。皇のおかげで。もしかしたら一生分

「バカみたいでしょ。この程度たぶんみんなにとっては、当たり前の日常なのに」

でも、と力強い声で継ぐ。

「それが俺にとっては、楽しくて仕方ない。楽しめる才能が、俺にもあったんだよ。青春とか恋バナとか、そういうのが一番苦手だった男がさ。悪くないかもしれないって思ってるんだ。そしたらいろいろ、欲が湧いてきて。傲慢だよね、人間って。もっと先に行きたいなって。知らないものを知ってみたいなって、考えたんだ」

きっかけはもちろん凛華。愛する誰かのために生きる女は、いつだって輝いて見えて。

彼女の恋に決着をつけるのが最優先ではあったが、それが叶った暁には。

「だから、いつか。遠い未来かもしれないけど、俺も……」

今はまだ傍観者にすぎない天馬も、恋愛不適合者から脱却できるのでは。

「なーんて、俺には百万年早いかー。あっはっはっはっはっは……」

君も笑ってくれよ、と。懇願する気持ちなのだが。甘かった。

「いつかじゃなくて――」

世界は天馬を置き去りにして、加速する。

「今じゃ、駄目ですか？」

風が、吹いた。おもむろに麗良が大きな一歩を踏み出したから。それだけで彼女と天馬の距離は縮まる。違う。正しくは、ゼロになったのだ。

刹那、二人を隔てるものは空気すらなくなり。

触れ合ったのは、唇と唇。

一瞬で離れてしまったけれど、それは確かな質量を持って天馬の脳を揺さぶる。

麗良は早鐘を打って破裂しそうな心臓を抑え込むように、胸に手を当てている。夕焼けでは誤魔化せないほどに紅潮した頬。

まるっきり初めてのキスを済ませた女の子の顔で、彼女は言うのだ。

「紳士協定、破っちゃったかもしれませんね」

何もかも理解できない中、唇に残されていたのは柔らかい感触。

それはたぶん、恋の味だった。

ただ呆然と立ちすくむしかなかった天馬は、知る由もない。

二つの影が重なり合ったその瞬間を、人知れず見ていた女がいたなんて。

あとがき

ただいまより！　一巻の著者コメント、大反省会を開催する!!

どこを言っているかと申しますと、カバーの左側のぴらっとなっている部分に著者近影の写真が載っていますよね。その下にあるプロフィールみたいな欄です。電子版は詳しくありませんが、たぶん終わりの方のページになるのでしょう。なお、私は非常にくだらないことを書かせてもらいましたので、皆さまはわざわざ一巻を取り出して見返す必要はありません。

初体験でしたが、作者は発売前に見本誌を頂けるんですね。自分の書いた拙い文章を読み返すと悶絶するので、私の場合は主にイラストや装丁の感じを楽しみました。

これが本当に書店に並ぶのかー、嬉しいなー、わーい、とか思いながらペラペラめくっていき、最終的に件の著者コメントへたどり着いたわけですが。驚いたのは、イラスト担当のてつぶたさんのコメント。謹んでここにもう一度、掲載させていただきます。

『素敵な作品のイラストを担当させていただけて大変光栄でした』（原文ママ）

普段はツイッターやってます@アカウント名、だったり。はまっているソシャゲについて語ったり。昨日の夕飯のメニューを挙げたり。なんでも自由に書いてくださって構わない中、畏れ多くも作品について触れていらっしゃったのです。

見た瞬間、私は思わず叫びました。

「どうして教えてくれなかったんですか、N村さ〜んッ⁉（↑担当の人の名前）」

事前に、ご一報……ただ一言、あったのなら。

「おい、いいのか、新人作家。イラストレーターさんからせっかくお褒めいただいているのに、お前はろくすっぽ感謝も述べず、大して面白くもないネタを挟んでいるが？」

と、叱ってもらえれば、真面目なコメントに差し替えたのに……な〜んて、いい大人が責任転嫁はやめましょう。心の中で勝手に思っているだけの感謝が、人に伝わるはずないのですから。言葉にするって重要ですね。

受賞してから刊行に至るまでの間、私が一番の喜びを感じたのはおそらく、キャラデザの絵を見せてもらったときです。キャラクターに魂が宿ったというか、私の中でも一気にイメージが広がり、執筆の励みになりました。新しい絵を見せてもらうのを毎回、楽しみにさせてもらっております。この場を借り、深くお礼申し上げます。

最後に、本書の読者になっていただけた全ての方々へ。

皆さまの温かい声が血肉となり、無事に二巻をお届けできました。ありがとうございます。

またどこかでお会いできれば嬉しい限り。それまでご健勝のこと。

榛名千紘

さんかくラブコメ次巻予告!!!!!!!!!

麗良が踏み出した一歩。
それは「もっとも幸せな三角関係」を
変えてしまうのか、それとも……？

「私は麗良が好き。
だけど、
あんたのことも好き」

彼女もまた一歩踏み出して、
さらに加速していくのか？
――そして三人にとって、
忘れられない夏がやってくる。

この△（さんかく）ラブコメは
幸せになる義務がある。

第3巻

今冬発売予定!!!!!

◉榛名千紘著作リスト

「この△ラブコメは幸せになる義務がある。」（電撃文庫）
「この△ラブコメは幸せになる義務がある。2」（同）

本書に対するご意見、ご感想をお寄せください。

ファンレターあて先
〒102-8177　東京都千代田区富士見2-13-3
電撃文庫編集部
「榛名千紘先生」係
「てつぶた先生」係

本書は書き下ろしです。

電撃文庫

この△ラブコメは幸せになる義務がある。2

棒名千紘

2022年8月10日　初版発行

発行者　青柳昌行
発行　株式会社KADOKAWA
〒102-8177　東京都千代田区富士見2-13-3
0570-002-301（ナビダイヤル）
装丁者　荻窪裕司（META＋MANIERA）
印刷　株式会社暁印刷
製本　株式会社暁印刷

●お問い合わせ
https://www.kadokawa.co.jp/（「お問い合わせ」へお進みください）
※内容によっては、お答えできない場合があります。
※サポートは日本国内のみとさせていただきます。
※ Japanese text only

※定価はカバーに表示してあります。

ISBN978-4-04-914451-2　C0193　Printed in Japan

電撃文庫　https://dengekibunko.jp/

電撃文庫創刊に際して

文庫は、我が国にとどまらず、世界の書籍の流れのなかで〝小さな巨人〟としての地位を築いてきた。古今東西の名著を、廉価で手に入りやすい形で提供してきたからこそ、人は文庫を自分の師として、また青春の想い出として、語りついできたのである。

その源を、文化的にはドイツのレクラム文庫に求めるにせよ、規模の上でイギリスのペンギンブックスに求めるにせよ、いま文庫は知識人の層の多様化に従って、ますますその意義を大きくしていると言ってよい。

文庫出版の意味するものは、激動の現代のみならず将来にわたって、大きくなることはあっても、小さくなることはないだろう。

「電撃文庫」は、そのように多様化した対象に応え、歴史に耐えうる作品を収録するのはもちろん、新しい世紀を迎えるにあたって、既成の枠をこえる新鮮で強烈なアイ・オープナーたりたい。

その特異さ故に、この存在は、かつて文庫がはじめて出版世界に登場したときと、同じ戸惑いを読書人に与えるかもしれない。

しかし、〈Changing Times,Changing Publishing〉時代は変わって、出版も変わる。時を重ねるなかで、精神の糧として、心の一隅を占めるものとして、次なる文化の担い手の若者たちに確かな評価を得られると信じて、ここに「電撃文庫」を出版する。

1993年6月10日
角川歴彦

電撃文庫DIGEST　8月の新刊

発売日2022年8月10日

魔王学院の不適合者12〈上〉 ～史上最強の魔王の始祖、転生して子孫たちの学校へ通う～ 著／秋　イラスト／しずまよしのり	世界の外側《銀水聖海》へ進出したアノス達。ミリティア世界を襲った一派《幻獣機関》と接触を果たすが、突然の異変がイザベラを襲う――第十二章《災淵世界》編、開幕!!
新作 **魔法史に載らない偉人** ～無益な研究だと魔法省を解雇されたため、新魔法の権利は独占だった～ 著／秋　イラスト／にもし	優れた魔導師だが「学位がない」という理由で魔法省を解雇されたアイン。直後に魔法史を揺るがす新魔法を完成させた彼は、その権利を独占することに――。『魔王学院の不適合者』の秋が贈る痛快魔法学ファンタジー！
男女の友情は成立する？（いや、しないっ!!） Flag 5.じゃあ、まだ30になってないけどアタシにしとこ？ 著／七菜なな　イラスト／Parum	東京で新たな仲間と出会い、クリエイターとしての現在地を知った悠宇。しかし充実した旅の代償は大きくて……。日葵と凛音への嘘と罪に向き合う覚悟を決めた悠宇だったが――１枚の写真がきっかけで予想外の展開に？
新・魔法科高校の劣等生 **キグナスの乙女たち④** 著／佐島 勤　イラスト／石田可奈	『九校戦』。全国の魔法科高校生が集い、熾烈な魔法勝負が繰り広げられる夢の舞台。一高の大会六連覇のために、アリサや茉莉花も練習に励んでいた。全国九つの魔法科高校が優勝という栄光を目指し、激突する！
エロマンガ先生⑬ エロマンガフェスティバル 著／伏見つかさ　イラスト／かんざきひろ	マサムネと紗霧。二人の夢が叶う日が、ついにやってきた。二人が手掛けた作品のアニメが放送される春。外に出られるようになった紗霧の生活は、公私共に変わり始める。――兄妹創作ラブコメ、ついに完結！
新説 狼と香辛料 **狼と羊皮紙Ⅷ** 著／支倉凍砂　イラスト／文倉 十	いがみ合う二人の王子を馬上槍試合をもって仲裁したコル。そして聖典印刷の計画を進めるために、資材と人材を求めて大学都市へと向かう。だがそこで二人は、教科書を巡る学生同士の争いに巻き込まれてしまい――!?
三角の距離は限りないゼロ8 著／岬 鷺宮　イラスト／Hiten	二重人格の終わり。それは秋玻／春珂、どちらかの人格の消滅を意味していた。「「矢野君が選んでくれた方が残ります」」彼女たちのルーツを辿る逃避行の果て、僕らが見つけた答えとは――。
この△（さんかく）ラブコメは幸せになる義務がある。2 著／榛名千紘　イラスト／てつぶた	生徒会長選挙に出馬する麗良、その応援演説に天馬は凜華を推薦する。しかし、ポンコツ凜華はやっぱり天馬を三角関係に巻き込んで……!?　もっとも幸せな三角関係ラブコメ、今度は麗良の「秘密」に迫る!?
エンド・オブ・アルカディア2 著／蒼井祐人　イラスト／GreeN	《アルカディア》の破壊から２ヶ月。秋人とフィリアたちは慣れないながらも手を取り合い、今日を生きるための食料調達や基地を襲う自律兵器の迎撃に追われていた。そんな中、原因不明の病に倒れる仲間が続出し――。
楽園ノイズ5 著／杉井 光　イラスト／春夏冬ゆう	『一年生編完結』――高校1年生の締めくくりに、ライブハウス『ムーンエコー』のライブスペースで伽耶の中学卒業を記念したこけら落とし配信を行うことに。もちろんホワイトデーのお返しに悩む真琴の話も収録！
隣のクーデレラを甘やかしたら、ウチの合鍵を渡すことになった4 著／雪仁　イラスト／かがちさく	夏臣とユイは交際を始め、季節も冬へと変わりつつあった。卒業後の進路も決める時期になり、二人は将来の姿を思い描く。そんな時、ユイの姉ソフィアが再び来日して、ユイと一緒にモデルをすると言い出して――
僕らは英雄になれるのだろうか2 著／鏡銀鉢　イラスト／motto	関東校と関西校の新入生による親善試合が今年も開催され、大和達は会場の奈良へと乗り込んだ。一同を待ち構えていたのは街中で突如襲来したアポリアと、それらを一瞬で蹴散らす実力者、関西校首席の炭黒亞墨だった。
新作 **チルドレン・オブ・リヴァイアサン** 怪物が生まれた日 著／新 八角　イラスト／白井鋭利	2022年、全ての海は怪物レヴィヤタンに支配されていた。民間の人型兵器パイロットとして働く高校生アシトは、ある日国連軍のエリート・ユアと出会う。海に囚われた少年と陸に嫌われた少女の運命が、今動き出す。

『竜殺しのブリュンヒルド』

著／東崎惟子　イラスト／あおあそ

竜殺しの娘として生まれ、竜の娘として生きた少女、ブリュンヒルドを翻弄する残酷な運命。憎しみを超えた愛と、愛を超える憎しみが交錯する！　電撃が贈る本格ファンタジー。

『ミミクリー・ガールズ』

著／ひたき　イラスト／あさなや

2041年。人工素体――通称《ミミック》が開発され幾数年。クリス大尉は素体化手術を受け前線復帰……のはずが美少女に!?　少女に擬態し、巨悪を迎え撃て！

『アマルガム・ハウンド 捜査局刑事部特捜班』

著／駒居未鳥　イラスト／尾崎ドミノ

捜査官の青年・テオが出会った少女・イレブンは、完璧に人の姿を模した兵器だった。主人と猟犬となった二人は行動を共にし、やがて国家を揺るがすテロリストとの戦いに身を投じていく……。

第28回
電撃小説大賞
金賞
受賞作
エンド・オブ・
アルカディア
死ぬことのない戦場で
死に続けた彼と彼女の、
邂逅と共鳴の物語！
蒼井祐人 【イラスト】──GreeN
Yuto Aoi
END OF ARCADIA
彼らは安く、強く、そして決して死なない。
究極の生命再生システム《アルカディア》が生んだのは、複体再生〈リスポーン〉を駆使して戦う１０代の兵士たち。戦場で死しては復活する、無敵の少年少女たちだった──。
電撃文庫

第28回電撃小説大賞
銀賞
受賞作